800일간의 **독서 여행**

800일간의 **독서 여행**

초 판 1쇄 2023년 05월 11일

지은이 이나열
펴낸이 류종렬

펴낸곳 미다스북스
본부장 임종익
편집장 이다경
책임진행 김가영, 신은서, 박유진, 윤가희

등록 2001년 3월 21일 제2001-000040호
주소 서울시 마포구 양화로 133 서교타워 711호
전화 02) 322-7802~3
팩스 02) 6007-1845
블로그 http://blog.naver.com/midasbooks
전자주소 midasbooks@hanmail.net
페이스북 https://www.facebook.com/midasbooks425
인스타그램 https://www.instagram/midasbooks

ISBN 979-11-6910-223-0 03810

값 18,500원

나의 책, 글, 공간 이야기

이나열 글, 사진

800일간의 독서 여행

미다스북스

프롤로그

800일간의 독서는 오래된 미래를 꺼내는 것이었다. 책을 통해 앞서갔던 이들의 이야기가 나에게 들려오고 그 이야기가 나의 가슴 어딘가에 꽂혔을 때 새로운 불씨가 되어 피기 시작했다. 그 불씨는 이미 오래된 미래였다는 것을 깨닫는 순간 좀 더 나은 나를 만났다. 우연히 읽게 된 자기계발서 이지성의 『꿈꾸는 다락방』을 읽고 나서 '꿈을 꾼다는 것'에 대한 흥미를 느끼기 시작했다. 책 속에 나타나는 또 다른 책들 가운데 나에게 말을 걸어오는 제목들이 있었다. 신기한 경험이다.

시간이 날 때 도서관에 가서 관심도서 목록을 보고 대출을 하거나 도서관에 아예 앉아서 책을 마주하며 인사를 나누어본다. 나의 첫인사는 책의 표지를 보고 책날개에 펼쳐진 작가의 이력을 읽어보는 것이다. 다음은 사람의 눈을 쳐다보듯 목차를 찬찬히 읽는다.

목차만으로 내용을 대충 알 수도 있지만, 사람의 겉과 속이 다르기도 하니 작가의 말이나 프롤로그부터 읽어보기 시작한다.

처음 책에 대한 흥미가 시작되었을 때 무조건 끝까지 읽었다. 그런데 내게 흥미가 부족한 책이거나 아직 받아들이기가 어려울 때의 책은 중간에 멈추었다. 여기서 받아들이기 어려울 때는 독자가 미숙하거나 관심도가 부족하거나 책 자체가 어려워서도 그럴 수 있다. 간혹 제목과 내용이 일치하지 않은 부족한 책들도 있었다.

대부분 책은 작가들이 심혈을 기울여 쓴 책이 맞다. 자신의 이야기이거나 경험해보고 얻은 성과를 안내해주는 가이드 같은 책들이다. 그러한 책들을 읽다 보니 어느새인가 대학원을 입학했다. 입학 전 책을 본격적으로 읽은 지 1년 만에 일이다. 대학원에서 문예 창작 콘텐츠학을 전공했다. 독서가 바탕이 되지 않았다면 2년 반이라는 5학기 수업을 감당하기가 쉽지 않았을 것이다.

800일의 독서 여행으로 나의 미래를 만났다. 미래의 나의 모습이 독서 안에 있는 보물과도 같다. 물론 책을 읽고 나서 변화하지 않으면 아무 소용은 없다. 그러나 대부분 책을 통해 사람들은 변화를 얻는다. 마치 열매와도 같은 것이라고 말하고 싶다. 독서가 쌓이다 보면 반드시 결과물이 생기기 마련이다.

책을 읽고 나서 책을 쓴 사람들도 많고, 훌륭한 사업가나 연구가 또는 전문가가 되기도 하니 분명 독서는 오래된 나의 미래가 숨어 있는 것이다. 김병완의 『나는 도서관에서 기적을 만났다』를 읽어보니 그도 퇴직 후 3년 동안 도서관으로 출근해 1,000권의 책을 읽었다고 한다. 그것이 바탕이 되어 『나는 도서관에서 기적을 만났다』라는 독서법 책을 출간한 것이다.

또 기억이 나는 일화가 있다. 오래전에 이랜드 박성수 회장이 학생 때 몸이 안 좋아서 3년 정도 누워 있을 때 할 수 있는 것이 오로지 책을 읽는 일이었다고 들었다. 수많은 책을 읽었고 이화여대 앞에서 보세 가게를 열어 옷을 팔아 지금의 이랜드를 설립했다는 이야기다.

고명환의『이 책은 돈을 버는 법에 관한 이야기』에서도 독서의 중요성을 누누이 이야기한다. 고명환 개그맨은 교통사고로 죽을 뻔했다가 살아난 이후 책을 3,000권 정도 읽고 돈을 많이 벌었다고 했다.

책을 읽고 나서 변화된 독서법의 저자들도 많다. 작가들은 독서 여행을 통해 자신의 오래된 미래를 미리 보게 된 것이다. 독서를 통해 대학원의 학업을 배우는데 어려움이 없었다. 대학원의 수업을 통해 더 많은 독서를 하게 되었고, 과제를 통해서도 〈글쓰기 책 출판 동아리〉를 통해서도 훈련이 되었다. 책은 읽기만 하면 안 된다. 처음에는 책만 읽으면 되었지 굳이 독후감이나 서평을 남겨야 할까? 생각하고 무시했다.

지금은 그 기록들이 얼마나 중요한지 깨닫는다. 인간의 기억은 한계가 있다. 기록하지 않으면 기억을 소환하기가 쉽지 않다는 것이다. 책을 읽고 나서 마음에 드는 문장을 적어 두거나 도전받는 부분들을 적어두는 것이 좋은 방법이다. 혹여 독서 모임을 하면 토론 후 나눈 이야기도 짧게라도 기록하는 것이 좋다. 또 다른 기록 방법 중 책을 읽고 나서 소소하게 느낀 점들을 SNS에 사진과 함께 기록해두는 것도 좋고, 블로그(BLOG)에 서평을 쓰는 것도 좋은 기록이다.

독서를 통해 꿈을 꾸고 독서를 통해 꿈을 이루었다. 그러니 800일의 독서 여행은 나의 오래된 미래가 펼쳐져 있는 축복의 통로인 셈이다. 어려서부터 글쓰기를 좋아해서 문예 창작을 전공하고 싶었는데 뒤늦은 나이에 대학원에서 문예 창작을 전공할 수 있었다. '늦은 나이란 없다'는 꿈을 꾸게 한 것도 독서 때문이다. 지금도 보이지 않는 미래이지만 독서를 통해 나의 꿈이 자꾸만 생겨나고 있으니 미래에는 원하는 열매들로 채워져 나가리라고 믿는다. 책 한 권의 힘은 매우 크다. 사람의 마음에 꿈을 심어주고 길을 만들어 낸다.(2023.1.26.)

책 읽는 삶은 결코 배반 없는 미래의 나를 만날 수 있어요.

3. 진정한 읽기로부터의 쓰기 여행

4. 말들의 풍경이 되는 곳, 도서관 여행

1.

말의 부름에 응답하는 독서 여행

01

문장에 머물러본다

책을 즐겨 읽었지만 많은 양의 독서를 하지는 않았다. 작년 가을쯤 우연히 '독서법'에 관한 책을 읽다가 작가들이 많은 양의 책을 일정 기간 안에 읽고 저자가 되었다는 말이 적혀 있었다.

'아~정말?'

머리를 한 대 맞은 느낌이라고 할까? 의구심이 자꾸 쌓여만 갔다. 도서관에 가서 독서법에 관련된 책을 점차 대출하여 읽어보기 시작했다. 그것이 계기가 되어 2019년에 처음으로 나만의 노트에 독서 목록도 적어보기 시작했다. 2019년 1년 동안 116권이라는 책을 읽었다. 독서법의 저자들은 3년에 1,000권을 읽었다고 했다. 내게 1년에 300권은 무리였다.

우리나라의 베스트셀러 작가들은 평균 1만 권 이상의 책을 읽었다고 한다. 대부분 어려서부터 책을 좋아해 오랫동안 책과 뗄 수 없는 습관이 자리 잡았을 것이다. 물론 책이 주는 기쁨도 이미 알았을 것이다. 역시나 input이 되어야 output이 되는 것이 당연하다. 불변의 법칙인가 보다. 보통 300권을 읽으면 뇌에 변화가 일어난다고 한다.

1년 동안 300권을 읽어보지 않아 뇌에 변화는 모르겠다. 다만 책이 주는 기쁨을 맛보게 되었다. 책 한 권 속에 많은 또 다른 책들이 내게 손짓을 했다. 그 손짓에 반응하고 꼬리에 꼬리를 무는 책 읽기에 들어간 것이 첫 번째 기쁨이다.

어려서부터 작가가 꿈이었는데 책을 읽고 자신감이 생겨 2020년 3월 대학원 문예 창작 콘텐츠학과에 입학을 하게 되었다. 고등학교 시절에는 일반 도서를 접할 기회가 없었다. 책을 많이 읽는 경우도 아니었다. 고등학교 재학시절 나와 친구들은 대학 입시를 위해 오로지 참고서만을 끼고 있었던 기억이다. 책을 습관처럼 읽지 않았으니 대학이나 사회생활 속에서도 전공 도서나 가끔 베스트셀러 정도를 읽었던 기억뿐이다. 책을 가까이하지 않았던 것이 많이 아쉽다.

생각보다 우리나라 지역별 도서관들이 잘 배치되어 있다. 쉽게 찾아갈 수도 있다. 요즘은 특별한 도서관들이 점점 많아지고 있다. 더군다나 지역별 도서관 사업소 앱 안에 전자책을 받아 볼 수 있는 전자도서관도 있다. 핸드폰이나 전자패드로 다운받아 충분히 책을 읽을 수 있어 좋다. 코로나로 인해 도서관이 수개월 닫혀 있었지만, 2020년 7월 28일부터는 도서관이 열렸다. 물론 도서관의 프로그램들이 원활하게 부활되지는 않았다. 차차 도서관마다 좋은 프로그램들이 활발하게 이루어지는 날이 오길 기대한다.

독서는 어려서부터 습관이 되면 좋다. 나 또한 책을 좋아하는 아이였다. 큰언니가 워낙 고전문학을 좋아해 알지도 못하면서도 초등학교 때부터 언니의 책을 꺼내 읽었던 기억이다. 가장 기억에 남는 책은 앙드레 지드의 『좁은 문』이다.

중간에 책을 잠시 놓았더라도 성인이 되었을 때 어렵지 않게 다시 책을 잘 읽을 수 있다. 독서는 내가 가보지 않은 길을 앞서간 작가들의 경험을 값싸게 사서 큰 지혜로 얻을 수 있다. 책 한 권이 누군가에게는 꿈을 주기도 하고 동기를 심어주기도 하며 인생의 안내자가 되어준다. 독서의 기쁨을 누려보길 바란다.

하루에 10분이나 15분 매일 꾸준히 읽는다면 한 달에 4권을 충분히 읽는

다. 1년이면 대략 48권에서 50권까지도 읽을 수 있다. 책을 한 권씩 읽는 것보다는 여러 권을 읽는 것을 권한다. 보통 거실이나 화장실, 가방 속, 침실 등 곳곳에 놓아두고 읽는 편이다. 한 권만 읽으면 지루할 때도 있다. 그래서 보통 4–6권을 빌려와서 조금씩 매일 읽어나가다 보면 한 달에 4권에서 6권을 충분히 읽는다. 1년에 100권을 읽었으니 1달에 6권 이상은 읽은 것이다.

앞으로 살아가는 데 거대한 지식의 자산이 바로 독서라고 믿는다. 이 자산은 결코 잊어버릴 수가 없는 지적자산이다. 그뿐인가? 지적자산은 나눔도 가능하다. 나의 지식을 통해 재능 기부도 할 수 있다. 우연히 독서법 책을 읽게 된 계기로 시험을 해보고 싶었던 독서방법과 책을 통한 도서관 여행 방법이었던 책 18권을 소개한다.

독서법 관련 책

1. 『나는 도서관에서 기적을 만났다』, 김병완, 아템포
2. 『초서 독서법』, 김병완, 예문카이브
3. 『1시단에 1꿔텀 독서법』, 김병완, 청림출판
4. 『48분 기적의 독서법』, 김병완, 예스24
5. 『꿈을 이루는 독서법』, 이토마 코토, 샘터
6. 『이동진 독서법』, 이동진, 위즈덤하우스

7. 『기적을 만드는 엄마의 책 공부』, 전안나, 가나출판사

8. 『1천권 독서법』, 전안나, 다산4.0

9. 『1등의 독서법』, 이해성, 미다스북스

10. 『1만권 독서법』, 인나미 아쓰시, 위즈덤하우스

11. 『소소하게, 독서중독』, 김우태, 더블엔

12. 『어떻게 읽을 것인가』, 고명성, 스마트북스

13. 『독서천재가 된 홍대리』, 이지성, 다산LIFE

14. 『본깨적』, 박상배, 위즈덤하우스

15. 『나는 매일 도서관에 가는 엄마입니다』, 이혜진, 로그인

16. 『지금 당장 도서관으로 가라』, 유길문 · 김승연, 문예춘추사

17. 『도서관을 여행하는 법』, 임윤희, 유유

18. 『삶을 바꾸는 책 읽기』, 정혜윤, 민음사

독서법 관련 책을 쓴 저자들은 1년에 300권의 책을 읽고 3년 동안 1,000권의 책을 대부분 읽었다고 한다. 그 이후로 더 많은 책을 읽고 만 권의 독서법 같은 책들을 저술하기도 했다.

그로 인해 강연들도 많이 하고 더 많은 책을 통해 저서들이 늘어나는 것을 출판된 책을 통해 목격했다.

앞서 말했듯이 50대에 대학원을 입학해서 5학기의 학업을 잘 마칠 수 있

었던 것도 독서가 기본이 되었다고 확신한다. 책으로 가는 길목이 보이지 않는가? 도서관이든 서점이든 지금 일어나 가보라. 나를 부르는 책 한 권이 있을 것이다. 재미나게 읽어진다면 계속 읽고, 만약 재미가 없다면 다른 책을 집어도 된다. 책의 세계는 지구의 지도만큼이나 크고 많다.

02

읽고 쓰는 꿈의 습관

"완전한 이해 없이도 완벽하게 사랑할 수 있습니다."

아들의 장례식장에서 설교하는 아버지의 명대사가 이제야 이해가 되는 시간을 맞이했다.

20대쯤 보았던 영화 〈흐르는 강물처럼〉에서 아름다운 플라잉 낚시의 배경과 잘생긴 배우 브래드 피트에게 마음이 빼앗겼던 추억이 떠오른다.

영화에서 내 마음을 가장 움직였던 이야기가 있었다. 그것은 바로 홈스쿨링이다. 지금은 가능한 수업 방법이지만 내가 어렸을 때만 해도 한국에는 없는 것이 바로 홈스쿨링이었다.

어린 시절 나의 꿈은 작가가 되는 것이었다. 학교 입학 후 종종 교내백일장에서 수상했다. 차차 전문적인 글을 쓰는 작가 되고 싶었다. 제대로 읽지도 않으면서 오직 '어떻게 하면 글을 잘 쓸 것인가?' 하는 고민만 했다.

감성 가득한 나에게 영화 〈흐르는 강물처럼〉에서 내 시선이 머문 곳은 목사 아버지의 독서 지도방식이었다. 독서 후 독서 포트폴리오를 작성하게 하는 장면이 기억에 평생 남았다.

책을 한 권 읽게 하고 한 장의 노트에 적어 오라고 한다. 목사인 아버지는 글을 읽고 난 후 다시 2분의 1장으로 요약해 오라고 한다. 그리고 요약한 용지를 버리라고 한다. 이 장면이 영화의 어떤 메시지보다 더 가슴과 머리에 남았다. 본문을 이해하고 마지막 주제까지 훈련을 시키는 홈스쿨링에 반해버린 것이다.

글에 대하여 잘 알지도 못하던 청춘 시절이었지만 영화 속 목사 아버지가 가르쳐 주던 독서 포트폴리오를 적용했더니 각종 백일장에서 작은 수상을 하는 등 좋은 성과가 나타났다. 스스로 '글을 좀 쓰네.'라는 착각을 하게 만들었던 영화였다. 글을 좀 쓰려고 하던 때 결혼을 했다. 글을 쓰는 일에서 멀어져갔고 오직 버킷리스트 상자 속에 가두어버렸다. 영화 〈흐르는 강물처럼〉을 떠올릴 때면 진주 같은 영화의 메시지보다 홈스쿨링이 더 기억에 남는 이유이다.

시간은 흐르는 강물처럼 나를 기다려주지 않았다. 하지만 자녀들이 성장하고 손 갈 일이 줄어들자 가슴 속에 묻어두었던 버킷리스트가 내 인생에 어느 날 수면 위로 떠올랐다.

플라잉 낚시를 하듯 자연스럽게 강도를 조절하며 꺼내어보니 대학원 문예 창작 콘텐츠학과에 합격을 했다. 신이 내게 허락하신 기회라고 생각하고 입학을 했다.

막연하게 작가협회에 들어가고 싶다는 생각으로 오랜 시간 혼자서 문학상 도전을 했다. 낙방은 늘 당연했다. 빈 수레였기 때문이다.

작가가 취해야 할 불변의 법칙은 '다독, 다작, 다상량'이다. 책도 제대로 읽지 않으면서 멋진 글을 쓰겠다는 나의 믿음이 어리석음을 독서를 통해 알게 되었다. 지금은 책을 읽는 습관이 몸에 배었다. 우연히 읽게 된 책 한 권으로 말이다. 하지만 독서 후에 느낀 점을 3줄이라도 적어야 하는데, 여전히 그런 습관이 형성되지 않은 점이 가장 아쉽다. 습관은 100일을 진행하면 반드시 몸에 밴다. 사실 책에 빠지니 습관이 자연스럽게 생겼다.

대학원 입학 후 동기를 못 만나다가(코로나 팬데믹으로 인해) 어느 날 번개 모임을 통해 모여 함께 이야기를 나누었다. 매일 글쓰기 동아리를 만들고 독서 모임을 하자는 의견이 나왔다. 매일 각자 글을 써서 올리다 보면 책 출간을 하는 기회가 생긴다는 취지와 목적이었다.

혼자서 쓰기는 어려우니 함께하는 이들이 있다는 것이 좋은 기회이고 동행이 되리라는 생각이 들어 좋았다. 버킷리스트 상자가 제 때에 수면 위로 올라와 꿈을 향하여 나아갈 수 있는 조건들이 하나둘씩 열려 감사할 따름이었다.

글쓰기 동아리 덕분에 2년을 넘게 매일 글을 쓰고 있다. 동기 중에는 책을 출간한 이들이 많아졌다. 서로 함께 피드백을 주고 응원을 한 덕분에 꿈도 하나씩 꽃이 피고 열매로 이어진 것이다. 아무튼, 읽고 쓰다 보면 흐르는 강물처럼 거대한 바다로 물이 흐르듯이 나의 꿈도 이루어질 것이다.

읽고 쓰는 것도 습관입니다.

매일 조금씩이라는 단어가 모여 성장이라는
선물을 안겨 주거든요.

03

지하철, 또 하나의 공간

아침에 눈을 뜨자마자 대충 챙겨 입고 집을 나섰다. 보통 부모님 댁에 갈 때 이것저것 챙겨가느라 보통 차를 가져간다. 그런데 오늘은 피곤한 탓에 돌아오는 길에 졸음운전을 할까 봐 대중교통을 이용하기로 했다.

우리나라는 다른 나라에 비해 교통비가 착한 편이다. 서울, 수도권 아니 충청도까지도 웬만한 곳은 지하철로 다 연결이 되어 있다. 시간도 결코 오래 걸리지 않는다. 부모님 댁까지 자가용으로 1시간 30분 정도 걸리는데 지하철도 기다리지 않는다면 1시간 30분이 소요된다. 부모님 댁은 인천인데 자가용으로 돌아오는 길은 보통 2시간 반이나 걸린다. 경부고속도로가 막히는 경우가 대부분이기 때문이다.

지하철을 이용하면 여러 번 환승 게이트를 지나쳐야 하지만 대중교통을 이용한 것에 매우 만족했다. 오고 가는 시간에 가벼운 책 한 권을 읽을 수 있다. 핸드폰의 전자도서관을 이용하면 책을 따로 들고 다니지도 않아 좋다.

와코 모나미 작가의『오십의 멋』이라는 책을 읽었다. 일본의 패션 블로거가 나이 들어서 갖춰야 할 전반적인 멋에 관한 책이다. 그녀의 말에 크게 공감이 가는 대목이 있었다.

'멋지다'는 말은 타고난 용모나 스타일에 대한 칭송이 아니라 살아가는 방식 그 자체에 대한 표현이라고 한다.

인생을 자기 주도하에 좋아하는 것을 하면서 수익을 창출하고 나만의 멋을 연출할 줄 아는 삶이 바로 가장 멋진 찬사가 아닐까 싶다.

저자도 '명품이 다는 아니다.'라고 말해주고 있다. 적절하게 때와 장소에 맞는 옷과 인품을 가지고 우러나오는 진심이 '바로 멋이다.'라고 정의하고 싶다.

도리어『오십의 멋』은 인생을 완벽하게 살아내지는 않았지만, 구별을 할 수 있는 나이이기도 하고 마음의 여유로움도 생기지 않나 싶다. 적절하게 좋은 제품과 가격이 제품으로도 충분히 멋을 낼 수 있는 나이라는 생각이다.

지하철에서 독서를 할 수 있었던 하루가 감사했다. 지역마다 공공도서관이 전자책까지 지원을 하고 있다. 지하철에서는 와이파이가 제공이 된다. 참 살기 좋은 세상이다.

1년에 100권 이상의 독서를 한 지도 벌써 4년 차가 되었다.(2022년) 책을 통해 '스스로가 많이 변했구나.'를 가끔 실감하기도 한다.

"사람은 책을 만들고 책은 사람을 만든다."라는 광화문 교보문고의 글 판이 생각이 난다. 교보생명의 창업주 고 신용호 회장의 말이다.

핸드폰을 멀리해야 책을 읽게 되기도 하겠지만 역으로 핸드폰으로 전자책을 읽는다면 참으로 고마운 도구가 아닐 수 없다. 어떻게 사용하느냐에 따라 충분히 대중교통을 이용하면서도 책을 가까이 할 수 있다는 것이다.

책을 읽는 방법에 따라 독서명이 달라진다.

같은 분야의 책을 최소 50권을 읽는 것은 〈계독〉

다양한 분야의 책을 두루 섭렵하는 것은 〈남독〉

책에 밑줄을 긋거나 메모까지 하며 읽는 것은 〈필독〉

뜻을 생각하며 곱씹듯 읽는 것은 〈숙독〉

소리 내어 읽는 것은 〈낭독〉

읽었던 책을 다시 읽는 것은 〈재독〉

처음부터 끝까지 훑어 읽는 것은 〈통독〉

다양한 책 읽는 방법을 통해 좀 더 나만의 독서 방향을 잡아보는 것도 좋을 것 같다. 읽는 방법도 참 다양하지 않은가?

박사학위 수준의 독서는 같은 분야의 책을 100권을 읽는 것이라고 한다. 내가 좋아하는 분야가 있다면 50권 정도 책을 읽어도 준 박사 정도가 될 것이다.

책은 읽은 만큼 글도 쓰게 만든다. 일단 책을 다 읽고 독서 노트를 작성하기 바란다. 인간의 뇌는 100% 기억을 하지 못한다. 반드시 기록으로 남겨두어야 기억을 할 수 있다.

핸드폰의 노트나 메모장이 있고 전자책의 경우 복사나 캡처가 가능하다. 알뜰하게 책을 읽고 기록으로 남겨야 나중에 글을 쓰거나 책을 출판하기 위한 초고를 작성할 때 큰 도움이 된다.

책을 잠시 짬을 내어서라도 읽으면 나를 끌어당기는 힘이 있고, 책을 읽은 나를 세워주는 힘이 있다. 대중교통은 또 하나의 독서 공간 여행이 될 수 있다.

04

책을 읽는 2가지 방법

슬로우 리딩에 관한 책을 2권 정도 읽었다. 제일 먼저 읽은 것은 하시모토 다케시의『슬로 리딩』이다. 하시모토 다케시는 기적의 슬로 리딩 학습법을 소개했다. 슬로 리딩(Slow Reading)이란? 한 권의 책을 꼼꼼하게 천천히 읽는 것이다. 그가 교사일 때 학생들에게 교과서 대신 소설「은수저」를 3년에 걸쳐 읽기와 쓰기, 생각하기 등 다방면으로 수업을 진행하면서 큰 효과를 보게 된 것을 전한 책이다.

또 한 권의 책은 히라노 게이치로의 『책을 읽는 방법』이다. 히라노 게이치로도 책을 음미하며 읽기를 권하고 있다. "아주 작은 양의 음식을 먹어도 요리의 맛을 말할 수 있는 사람이 미식가로 인정받듯이 단 한 권의 책이나 한 구절을 음미하고 충분히 맛본 독자는 더 많은 지적 영향을 받을 수밖에 없다."라고 본문에서 말한다.

내가 생각하는 독서법은 각자 좋아하는 책을 읽는데, 그냥 읽지 말고 자신의 속도에 맞게 읽는 것이 가장 좋다.

독서에 관하여 수많은 독서법 자기계발서가 나와 있다. 독서법에 관한 책들을 20권 정도 읽어보았다. 독서법의 저자들은 보통 3년에 1,000권을 읽어야 한다고 주장한다. 통상적으로 책을 쓰는 저자가 된다고 한다. 물론 그렇게 저자가 된 분들도 많다. 독서법에 관한 책들을 계속 저술하는 분들도 있다. 직접 실천해보려 도전을 해 봤지만 1년에 300권을 읽는 것은 무리였다. 깊이 읽는 것도 무리였다. 그러다가 슬로 리딩에 관한 독서법 책을 읽었다. 어떤 것이 정답이라고 할 수 없다는 결론이다. 책에 장르에 따라서도 읽는 속도가 다르기 때문이다. 어떤 책을 읽느냐에 따라, 나의 사정에 따라 읽는 속도는 달라진다는 것이다. 따라서 가장 권하고 싶은 책을 읽는 두 가지 방법은 나의 속도를 지키거나 슬로 리딩을 권한다.

작가의 의도가 책 속에 있어 그 의도를 생각하면서 읽어야 한다. 히라노 게이치로는『책을 읽는 방법』에서 말하고 있다. 의도를 생각하면 자연스럽게 천천히 읽게 된다. 그러다 보면 슬로 리딩이 되는 책도 있고, 속독이 되는 책도 있다는 것이다.

책을 읽다 보면 좋은 책과 나쁜 책에 대한 안목이 생긴다. 그리고 수준도 스스로 레벨 업할 수 있다. 처음에 어려웠던 책은 때가 되면 또 받아들일 수 있는 준비가 된다.

그때가 언제인지는 나도 모를 때가 있다. 다만, 다시 찾아 읽을 때 작가의 의도를 발견하게 되면 바로 그때다.

후회하는 것 중 하나가 책을 읽고 나서 서평이나 독후감을 제대로 써보지 않은 것이다. 책만 읽는 것보다는 서평을 기록으로 남기는 것은 더 중요하다는 생각이다. 서평은 책을 읽고 독자들에게 그 책에 관한 나의 새로운 생각을 전달하는 또 한 권의 책이 된다고 한다. 아니면 독서 토론을 하는 것도 좋은 방법이다. 그래야만 그 책이 기억으로 남거니와 오랫동안 선한 영향력을 나에게 끼친다는 믿음이다. 누군가를 만나 이야기를 나누다가 적절한 때 기억에 남는 책 이야기를 하는 것도 좋은 방법이다.

독서 후 책의 제목, 저자, 출판사, 출판년도 등등 기록하는 것이다. 노트에 적거나 나만의 SNS에 기록을 해도 좋고 요즘엔 독서 앱도 있으니 기록을 권한다.

2019년에는 150권 정도 읽었고 2021년에는 83권의 책을 읽었다. 속도보다는 좀 더 깊이 있는 책 읽는 방법을 선택했다. 책에 따라 속독을 할 수도 있고 슬로 리딩을 할 수 있다는 것이다. 그러니 자신의 페이스에 맞게 좋아하는 책과 다양한 분야를 골고루 읽어보거나 글을 쓰고자 하는 장르가 있다면 그 분야의 책을 읽는 것도 좋다. 한 분야의 100권의 책을 읽으면 박사 학위에 준하는 양이다. 책을 좋아하고 나서 그리고 책에 관한 이야기를 쓰면서 책 한 권의 힘이 크다는 생각이다. 나를 바꿀 수도 있고 지식이 향상되기도 하고 치유도 된다. 삶을 살아가는 힘이 되어주기도 한다. 아직도 만나고 싶은 작가들이 이 세상에 가득하다. 계속 책을 놓지 않는 한 만날 수 있는 작가는 많다. 그 생각만으로도 즐겁고 기대가 된다.

아직도 만나고 싶은 작가들이 이 세상에 가득하다.
계속 책을 놓지 않는 한 만날 수 있는 작가는 많다. 그 생각만으로도 즐겁고 기대가 된다.

05

지적 인큐베이터, 도서관

'대학원 4학기가 유독 버겁다. 왜 그럴까?'

시간적으로 더 여유도 있는 편이다. 이제는 과제도 어느 정도 이해할 만도 하다. 타 학과 과목을 들어서도 아니다. 문학주제론이 생각보다 어려워서 그런가? 강의가 나쁘지도 않은데 책을 많이 못 읽었던 탓인가? 유독 많은 작가와 책이 소개가 되어 감당하기가 버거운가?

아이들에게 밥도 차려주지 않았다. 중간고사 과제 핑계를 대고 일찍 집을 나서서 도서관에 갔다. 예전보다는 도서관이 동네마다 있는 편이라 좋다.

시험과제가 아니라 그냥 책을 읽거나 글을 쓰러 가는 장소이면 좋으련만 오늘의 도서관행은 오직 과제를 위함이다.

이사 갈 기회가 생긴다면 걸어서 갈 수 있는 3곳이 있으면 좋겠다는 바람이 늘 있다.

바로 도서관, 교회, 마트다. 언제부터인가 책을 꼭 사야 할 것이 아니면 도서관에서 대출을 받아 읽는다. 대출을 받아온 책은 기간 안에 꼭 읽으려고 노력한다. 요즘엔 지역별로 도서관 앱도 잘 되어 있어 전자책도 볼 수 있다. 전자책은 주로 자기 전에 읽거나 대중교통을 이용할 때 사용하는 편이다.

형편이 어려워 책을 못 읽는다는 말은 절대로 할 수 없다. 우리나라도 이제는 도서관 시설이 너무나 잘되어 있기 때문이다.

새로운 도서관 콘셉트가 특화된 도서관을 여행하면서 독서도 새로운 공간에서 마주하는 맛이 색다르기도 하다. 더군다나 이제는 동네마다 일반 도서관뿐만 아니라 특화된 도서관들이 세워지고 있다.

다음 챕터에 상세하게 소개가 될 것이지만, 우리나라에 특별한 도서관들이 세워지고 있다.

언젠가는 도서관만 순례하는 기행을 해보고 싶다는 생각이 든다. 서초구립 양재도서관은 다양한 이용자를 위한 시설이 멋지다. 용인의 남사도서관도 가보고 싶은 곳 중 하나다. 이유는 '휴먼 북'이라는 것이 있다. 바로 일대일로 강사와 독자가 만나는 시스템이다. 휴먼 북으로 강사 등록을 하면 독자가 대출을 신청하여 만난다. 세 번 대출이 가능하다. 사적인 이야기나 질문은 금지한다. 남사도서관 휴먼 북 개설 후 다른 도서관에서도 휴먼 북이 개설되고 있다.

휴먼 북이 되는 강사에게는 도서관에서 소정의 비용을 지불해 준다는 알림을 보았다. 별별 재미난 시스템들이 도서관에 확보되는 것 같아 좋다. 현재는 남사도서관이 멀어서 휴먼 북 신청을 못하지만, 일대일로 강의를 들을 수 있는 시스템을 개발한 사서에게 박수를 보낸다.

남양주에 정약용도서관도 가보니 좌석의 배치나 인테리어가 잘 되어 있다. 최근에 정약용 도서관도 휴먼 북을 도입했다. 우리나라에 특색 있는 도서관이 많이 생기고 있다. 의정부 미술도서관 전문도서관으로 전국에 하나뿐이라고 한다.

의정부 미술관은 전시도 진행하고 예술작가를 위한 작업실도 운영 중이다. 의정부 음악 도서관 또한 연주회뿐만 아니라 개인 자리에서 음악을 감상할 수 있는 시스템이 설치되어 있다.

김근태 도서관은 고 김근태 의원의 민주화 정신을 아카이브한 기록과 전시 그리고 도서관을 합하여 만든 라키비움(Larchiveum)으로 도봉구의 랜드마크로 자리를 잡았다.

구립 구산동 도서관 마을은 구산동에 주택을 리모델링해서 갈 데 없던 아이들에게 책과 공간을 선물했다.

손기정문화도서관은 주변에 스포츠센터와 손기정 기념관, 공원 등이 잘 어우러져 있고 도서관의 인테리어 콘셉트가 다양하게 나뉘어 있다. 집의 거실 같은 콘셉트, 캠핑장 콘셉트, 서재 콘셉트, 계단식 콘셉트 등 다양한 자리에서 책과 함께 휴식을 취할 수 있어 좋다.

다산성곽도서관은 한양성곽 둘레 길에 세워진 도서관이다. 야외 공연장, 카페, 그리고 서가는 1층은 마치 카페에 들어와 있는 느낌이다. 2층은 개별 좌석이 마루처럼 되어 있어 아늑하다.

도서관을 찾아가는 길이 성곽을 따라 간다. 운동도 되고 산책도 된다.

이외에도 공예 박물관 도서실, 국립현대미술관 디지털도서관, 율동공원 책 테마파크, 송파 책 박물관, 미술 아카이브 서울시립 미술도서관등 특별한 도서관 여행을 추천한다.

책을 읽게 되고 독서가 즐거워졌다. 꿈이 생기고 가고 싶던 문예 창작 콘텐츠학과도 입학하고 졸업까지 했다. 늦은 나이에도 불구하고 독서를 통해 과제를 하는데 큰 도움이 되었다.

대학원 진학으로 인해 자연스럽게 도서관을 자주 가게 되었다. 도서관을 자주 가게 되니 아무래도 집에서 가장 가까운 곳이 나에게 최고의 도서관이 된다. 도서관은 되도록 집에서 반경 1km에서 2km 사이가 좋다.

여행이라는 범위를 어떻게 잡느냐에 따라 목적에 따라 일상에서 벗어나 누릴 수 있는 여행은 많아진다. 책과 여행을 좋아하는 것이 다른 지역 도서관에 대한 관심으로 이어졌다. 도서관 여행은 알고리즘을 통해서도 공간이라는 잡지를 통해서도 텔레비전 프로그램 건축 탐구 집을 통해 알게 되었다. 도서관 공간 여행자로서 새로운 곳에서 독서는 낯선 곳에서 즐기는 여행과도 같다.

KW, a history

도서관과 친밀해지다 보면

여기만큼 지적성장이 이루어지는
장소는 없을 거예요.

06

좋은 아지트를 발견한 하루

코로나19 4단계로 인하여 김수영 문학관 기행이 취소되었다. 아침형 인간이기도 하고 작은 아이 대학입학으로 인해 스쿨 맘을 졸업했다. 동시에 가족 식사를 차려주는 것도 졸업을 했다. 가족을 위해 냉장, 냉동고에 언제든 조리해서 먹을 수 있게 준비된 것을 채워 놓았다. 식구가 함께 있는 날은 내가 조리를 하지만 굳이 스케줄이 다른 날은 각자 알아서 먹기로 했다.

먼저 아이들이 제안을 해 줬다. 더 이상 먹는 것으로 인해 엄마가 신경을 안 써도 된다고….

집밥 졸업으로 자유로워졌다. 주말은 온전히 엄마를 위한 시간으로 사용하라고 한다.

아침에 일어나자마자 집안일을 처리하고 간단한 아침 식사를 하고 가보고 싶었던 카페 꼼마를 갔다. 아침 일찍 나서서 그런지 카페에는 사람이 별로 없었다. 문학동네 출판사에서 만든 북 카페인데 합정점과 송도점 그리고 몇 군데가 더 있다.

sns에서 본 대로 꽤 멋진 북 카페였다. 1인 암체어 앉아 좋아하는 라테와 뱅오 쇼콜라를 주문해서 먹었다.

책을 둘러보고 나서 표지가 컬러별로 있는 프랑스 철학자 미셸 퓌에슈의『나는, 오늘도』시리즈 4권을 다 읽었다.『말하다』,『버리다』,『사랑하다』,『먹다』,『설명하다』는 참 간결하면서도 공감과 동시 많은 생각을 하게 해준 책이었다.

『사랑하다』를 읽으면서 사랑이란? 무엇으로 정의를 내려야 할까? 나도 생각해보았다.

미셸 퓌에슈 철학자는 그의 저서『사랑하다』에 이렇게 정의를 내렸다. 어떠한 경우든 사랑은 처음부터 마지막까지 돌보는 것이라고 한다. 사랑은 혼자가 아닌 너와 나의 돌봄이라고 말한다. 하지만 간혹 사람들이 돌보지 않는 가운데 사랑이 지속하지 못하는 사건들을 종종 듣는다. 너와 나와의 돌봄은 부부 사이든 부모 자식 사이든 자신이든 꼭 끝까지 돌봐야 한다.

"사랑에 빠진 게 죄는 아니잖아."

〈부부의 세계〉라는 드라마에서 남자 주인공의 어이없는 대사가 생각났다. 분명 그 사람에겐 죄가 아닐지는 몰라도 상대방인 아내에게는 죄다. 미셸 퓌에슈 철학자 말대로 끝까지 돌보지 않았기 때문이다.

아무리 정이 떨어져도 책임을 져야 하는 게 맞다는 생각이다. 만약 합의가 정당하게 이루어진다면 관계를 끊는 것도 방법이겠지만 일방적인 것은 옳지 않다.

이 모든 것이 하물며 '스스로에게도'라는 말에 동의한다. 자살도 자신을 돌보지 않고 스스로 가해를 하는 것이니 사랑하지 않은 것이다.

사랑하며 호호 할머니 할아버지가 될 때까지 사는 사람들.

부모님을 지극 정성으로 끝까지 돌보는 효성 깊은 자녀들.

어려운 형편이라도 자식을 위해 희생하는 부모들.

친구의 어려움을 돕거나 어려운 처지에 놓인 이들을 돕는 사람들.

자신을 사랑하는 사람은 사랑을 지속하고 있다. 역시 사랑은 쉬운 일이 아니다. 반드시 책임이 뒤따라야 한다.

책을 한참 읽고 보니 주변에 사람들이 자리를 다 차지하고 있다. 잠시 책을 내려놓고 루프탑에 올라가 경치도 구경하고 층별로 사진도 찍어보았다.

새로운 주말 아침 책 읽기 좋은 아지트를 발견한 것 같다. 이번 주에 고단했던 시간이 북 카페에서 차 한 잔과 독서로 힐링이 되었다. 다른 지점들도 기회가 되면 가보고 싶어졌다.

우리나라에 북 카페들이 많이 생겨서 좋다. 커피만 마시는 공간에 책을 더하여 지적 공유를 더불어 할 수 있는 공간이 생긴다는 것이 좀 더 알차다는 느낌이다.

누군가를 기다리다가 읽는 책일 수도,

혼자만의 조용한 시간을 갖고 싶은 책일 수도,

필요한 자료를 더하여 읽는 책일 수도.

사람마다 각기 다른 생각으로 찾아온 북 카페일 것이다. 새로나온 책부터 스테디셀러까지 그리고 굿즈까지 다양하게 만날 수 있는 공간이다. 그러고 보니 인왕산 근처에 더 초소 책방카페도 있고 인왕산 숲속 쉼터에도 책이 있다. 이외에도 찾아보면 북 카페나 독립책방 가운데 카페도 운영하는 곳이 많다. 북 카페를 찾아가서 차 한 잔의 여유와 독서 삼매경도 지적 힐링을 하는 방법일 것이다.

내 손에 책이 있다면

어느 곳이든
최고의 아지트가 될 것입니다.

07

타인의 시선으로 보는 책

대학원에 입학해서 제일 먼저 해보고 싶었던 것이 독서 모임이었다. 동기들 방에 독서 모임을 하자고 제안했다. 뜻이 맞는 이들과 함께 마지막 주 토요일에 모여 독서 토론을 하기로 했다. 독서 모임은 2년 동안 이루어졌다. 매우 사적인 독서 모임으로 명맥을 이어갔다. 많은 책을 읽지는 않았다. 하지만 같은 책 다른 서평으로 상대의 이야기를 듣고 또 다른 이해를 얻었다고 말할 수 있다.

오늘의 책을 추천해 준 H가 『암흑의 핵심』에 관한 브리핑을 상세히 해주었다. Y는 『암흑의 핵심』이 원작인 영화 〈지옥의 묵시록〉를 소개했다.

조셉 콘래드의 『암흑의 핵심』은 책의 두께가 얇다. 하지만 왜 이리 어려운지 근 한 달을 끼고 있었다. 총 3장 중 2장까지만 읽고 독서 모임에 참석을 한 불량회원이었다. 〈암흑의 핵심〉을 읽으면서 느낀 것은 나도 배를 타고 아프리카의 밀림으로 들어가는 기분이다. 대낮이어도 어두운 느낌과 피비린내 나는 급박하고 무시무시한 밀림 상황 그리고 말로가 나를 꼼짝 못하게 하며 주절주절 쉬지 않고 떠드는 듯한 상황에 사로잡힌 것처럼 책 읽기가 곤욕스러웠다. 읽다가 너무 힘든 중에 제2장에서 '암흑의 핵심'이라는 문구가 나타난다. 책의 제목이 왜 〈암흑의 핵심〉인지를 발견한 순간 같았다. 이런 느낌을 토론모임에서 말했더니 책에 몰입이 제대로 되었다고 한다. 독서 모임은 타인의 시선으로 보는 똑같은 책의 다양한 견해인 것이다.

독서 모임을 거창하게 생각하지 않으면 좋겠다. 마음이 맞는 독서 여행자들이 모여서 일상의 수다와 더불어 책을 다시 보는 마음으로 모이면 좋을 것 같다. 대학원 동기들과 한 달에 한 번 만나는 독서 모임은 삶의 이야기를 바탕으로 책 읽기와 글쓰기를 즐기는 여행자들의 모임이었다. 책을 선정해서 다 읽고 나타난 사람도 있고 다 읽지 않은 사람도 있었다. 무궁무진한 이야기로 자연스럽게 독서 토론이 이어졌다. 그러다 보면 다음 책이 선정된다.

책을 선정하는 기준도 따로 없다. 서로 이야기를 나누다가 혹은 대학원 수업에 연관된 책을 추천하기도 하고, 베스트셀러를 추천하기도 했다. 각자가 읽었던 책 중에 느낌이 좋은 책도 선정되었다. 다음 독서 모임의 책은 H가 추천한 『백년의 고독 1, 2』이다. 이 책은 나에게 어떤 시간을 선물할지 벌써 기대가 된다.

책을 읽고 나서 오랫동안 후회되는 점이 있다. 독후감이나 서평으로 남기지 못했던 점이다. 처음 한 권의 책에 홀딱 반해 다행스럽게도 재미에 빠졌다. 책을 읽다 보니 책 속에 책이 눈에 들어왔다. 사랑이 꽃피면 주변 사람에게 알리고 싶어 하는 심리가 있듯이 책을 읽고 나서 감동의 쓰나미가 몰려오면 말하지 않으면 입이 근질근질하다.

친구들과 대화를 하든지 가족과 대화를 하든지 책에 관하여 이야기를 하게 된다. 독후감 대신에 자신이 읽었던 책을 소개하는 방법도 나쁘지 않다. 기억에 남는 편이다.

책을 읽고 나면 반드시 독후감이나 서평을 쓰는 것이 좋다는 것을 알게 되었다. 단 3줄이라도 쓰면 책에 대한 기억이 저 멀리 날아가지 않고 내 머릿속 어딘가에 남는다.

'책만 읽으면 되었지 뭘 서평까지?' 하며 읽었던 책의 제목과 저자, 출판사만 노트에 적었다. 한두 해 정도는 책에 관하여 기억이 났다. 그 이후에는 제목과 작가 이외에는 기억이 사라졌다. 따라서 책을 읽고 나면 단 3줄이라도 독후감을 독서 목록 아래 적어두면 좋다.

이 책은
나에게 어떤 시간을 선물할지
벌써 기대가 된다.

08

집에 머무는 슬기로운 생활

통깁스를 한 지 3일 차다. 한쪽 다리를 사용하지 못한다는 것이 얼마나 불편하고 힘든 일인지 직접 체험하고서야 알게 되었다. 상상보다 더 힘들었다.

새끼발가락과 발등 그리고 뒤꿈치가 깨졌다. 다행스럽게도 뼈가 조각나지 않았다. 뚝 부러져 붙기에는 훨씬 낫다고 의사 선생님이 말씀해주셨다. 수술을 안 해도 된다는 것만으로 다행이었다. 발가락에 감각은 살아 있지만, 다리를 높이지 않으면 파래지는 현상이 나타날 수 있다고 한다. 그러면 큰일이라서 병원을 가야 한다. 통깁스를 한 왼쪽 다리를 높이 올려놓고 생활하려니 힘들다. 집 안에서도 목발을 짚고 움직여야 하니 그것도 이만저만 불편한 게 아니다.

활동량이 적어 소화가 되지 않았다. 종일 할 수 있는 일이라고는 책을 읽거나 공부를 하거나 영화를 보는 일이다. 사실 3가지 모두 내가 다 좋아하는 것이다. 원 없이 누릴 수 있는 혜택이 있는데 왜? 지겨운 걸까? 일하면서 잠시 짬을 내는 그 맛과는 전혀 다른 느낌이다. 시간은 왜 이리 안 가는지? 시간이 부족하다고 느낄 때는 모자랄 만큼 빨리 지나간다.

날씨가 더워서 혼자 있는 집에 에어컨 켜기도 부담스러워 선풍기만 돌리다가 가족 중 누구 하나라도 들어오면 에어컨을 그제야 켜본다. 외출을 즐기는 나로서는 집콕 생활이 곧 감옥 생활 같다. 모두가 이참에 푹 쉬라고들 말해준다.

김형석의 『백년의 독서』를 읽으면서 마음에 와닿은 점은 고전이다. 100년 동안 사랑을 받은 책에서 우리는 배울 점이 있다는 것이다. 고전을 먼저 읽고, 역사를 알아야 하고, 철학책을 보라고 작가는 권유한다.

김영하 작가도 자신의 모든 글의 모티브가 고전 책에서 온 것이다. 라고 말한 인터뷰를 기억한다. 800일간의 독서 여행을 통해 본 유명한 저자들은 당연하게도 고전뿐만 아니라 독서광들이었다.

김형석 교수의 말에 공감이 된 것 하나가 더 있다. 그것은 독서의 취향이다. 필독서 100권보다는 자신의 취향에 맞는 책을 읽는 것이라 한다.(단, 재미만 가득한 책은 아니라고 한다.) 베스트 셀러도 꼭 읽을 필요는 없다고 한다.

뒤늦게 독서를 시작했다. 김형석 교수의 말 대로 학문을 배움에 있어 독서는 필수이다. 우리나라 대학은 교재를 사용하여 수업하는 점이 안타깝다고 했다. 그 말에도 동의한다.

독서를 시작한 이후 고전문학을 읽어보았다. 제일 먼저 읽어본 책이 세르반테스의 『돈키호테』다. 어려서 읽었던 돈키호테는 얇은 책이었다. 도서관에서 찾은 『돈키호테 1』은 무려 900페이지다. 세르반테스는 인생이 파란만장했다. 옥중에서 쓴 『돈키호테』는 수감 동료들에게 기쁨을 주려고 쓴 글이라고 한다. 그의 진정성이 독자에게도 희망을 주는 메시지여서 후세에 불후의 명작이 된 것이다.

정신적으로 충격을 받은 고전은 조지 오웰의 『1984』이다. 1949년에 발표된 디스토피아 소설이다. 그 시대에 이미 인간 개인이 갖는 경험과 감정을 철저히 말살시키려는 전체주의에 대한 통찰력이 있었다는 것이 놀랍다.

인간의 자유가 보장되지 않는 사회 속에서도 인간의 존엄성에 대하여 조지 오웰은 윈스턴을 통해 인간의 자유는 끝까지 말살시킬 수 없음을 독자들에게 말하고 싶어 하는 당대의 선각자적인 통찰력을 가진 작가였다는 것이다. 21세기를 살아가는 나에게 고전은 어찌 보면 오래된 미래를 꺼내 읽는 것이다.

마술적 리얼리즘으로 불리는 고전은 가브리엘 기르시아 마르케스의 『백년의 고독 1, 2』이다.

라틴 아메리카 역사와 민중의 삶을 신화적으로 구성한 소설이다. 등장인물의 이름부터 어려웠다. 책 속에 등장인물 가계도를 보며 이 소설을 읽었다. 등장인물들은 모두 고독한 가운데 가혹한 죽음을 맞이한다. 가브리엘 기르시아 마르케스 작가는 시대적 상황을 소설로 잘 표현했다고 평단과 대중의 사랑을 받았다. 이 책을 읽기 전에 라틴 아메리카의 상황을 알고 보았다면 더 이해하기가 쉬웠을 것이다.

아무튼, 집콕 생활은 생각보다 내겐 재미가 없었다. 집에 머무는 슬기로운 생활은 목적이 있는 독서 생활이다. 시간을 메우기 위한 독서가 아니라 지적 힐링을 목적으로 하는 독서의 시간을 권하고 싶다.

목적이 있는 독서 후에는 반드시
3줄 감상평을 써 보는 습관이 기억을 정착시키는 행위입니다.

09

첫사랑과 시집(詩集)

김사인의 『시를 어루만지다』를 읽으면서 많은 시인의 시를 접해보았다. 시집(詩集)이라는 시를 읽고 나니 첫사랑이 떠올랐다.

한 지붕 두 가정으로 우리 집 2층에 살던 1년 먼저 태어난 이웃집 오빠였다. 막내 고모 친구이기도 했던 오빠의 엄마는 그냥 '고모'라고 호칭을 부르는 친척이나 다름없었다. 어려서부터 한동네에 줄곧 살다가 일명 변두리라는 곳으로 이사를 한 후 자주 못 보았다. 1년에 몇 번은 고모의 친구 모임으로 함께 만났다. 특히 방학 때마다 서로의 집을 오고 가며 놀다 오곤 했다. 한 번도 남이라고 생각한 적 없었는데 결국엔 애정이 생겼다. 초등학교 때 오빠가 손을 잡아 준 기억 이후로 나 홀로 좋아하게 되었다. 사춘기 시절 돌이켜보니 스타도 좋아하지 않았고 학창시절 인기 많은 총각 선생님조차도 좋아해본 적이 없었다. 오직 첫사랑이자 짝사랑인 오빠에게 나의 고백을 전달했지만 단번에 거절로 첫사랑은 이루어지지 않았다.

이제는 첫사랑 이야기를 나눌 만큼 일명 이웃사촌으로 여전히 잘 지내는 사이다. 대소사에 오고 가며 만나는 친척 사이가 되었다.

시집(詩集)에 대한 나의 사랑은 고등학교 3학년 여름 방학이 시작되는 날 찾아왔다. 대학을 다니던 첫사랑이자 짝사랑이던 오빠가 집으로 찾아왔다. 고3인 나를 응원하기 위해서다. 다 같이 밥을 먹고 헤어질 때쯤 책 한 권을 내밀었다. 대학 입시를 잘 보길 바란다고 했다. 헤어지고 나서 오빠가 건네준 선물 포장지를 뜯어보니 시집이었다. 서정윤의『홀로 서기』이었다.

얼마나 유명한 시집이었는지 처음엔 알지 못했다. 감수성 예민한 고3 여학생에게 첫사랑이자 짝사랑이었던 오빠가 건네준 시집을 통째로 외우는 능력을 발휘하게 했다. 고3 내내 시집을 들고 다니며 행복했던 추억이다.

오빠를 좋아하는 마음이 학업에 동기 부여는 되지는 않았다. 그해 대학 입시는 실패했다. 서정윤 시인의 시집이 첫사랑의 빈자리를 채웠다.

인생을 살다 보니 마음의 나이는 잘 먹지 않는가 보다. 서로의 대소사를 챙기는데 슬픈 일로 다시 만나게 되었다. 나를 유난히 예뻐해주시던 첫사랑 오빠 어머니가 돌아가셨다. 코로나임에도 불구하고 장례식장을 찾았다. 당연히 가야 하는 자리였다. 가족들을 위로했다. 옛날 어렸을 때 우리의 추억을 이야기했다. 첫사랑 오빠가 코를 자주 흘렸다느니, 내가 어려서 수영장에서 입은 수영복을 보니 배가 많이 나왔다느니 하는 우스운 이야기를 나누었다.

그 와중에도 내 눈에는 이웃사촌인 오빠가 멋있게 늙어 있음이 보였다. 며느리들과도 인사를 나누었다. 상주들과 인사를 마치고 나오면서 또 서정윤의 『홀로서기』 시집이 기억났다. 그때의 시간에 머물러 있는 마음은 소녀 같은데 모습은 현실에 아줌마로 살아가고 있다. 나이든 지금의 시간이 싫지 않다. 마음은 여전히 그대로다. 늙지 않음에 대하여 가만히 생각을 해보니 시집이 언제나 가까이 있었다. 스타들에 대한 사모함보다는 시인들을 사랑하는 마음이 더 셌다. 안도현 시인, 나희덕 시인, 나태주 시인, 정호승 시인, 장석주 시인, 이병률 시인 이외에도 많은 시인을 시집을 통해 만났다.

시인을 직접 만나고 싶은 마음까지도 생기기도 하고 시인의 시집을 다 찾아서 읽어보기도 했다. 독자를 향한 시인의 마음은 숨은 그림 찾기 같다.

시가 나를 어루만져 주어서 힘들고 지칠 때 위로가 되었던 시간이 많았다. 물론 도통 이해가 안 되는 시들도 있었지만 보이지 않는 것들을 보는 방법은 자꾸 소리 내어 읽어보고 암송해보는 것이다. 일반 책과 다르게 시집은 오랜 시간 옆에 두고 읽어야만 한다.

어느 날 시 한 절이 나의 마음을 쓰다듬어주고 충격을 주기도 하고 지혜를 주기도 한다. 세상을 바라보는 시각보다는 세상을 이해하는 마음을 살포시 던져주고 달아나버린다. 가장 오랜 시간을 들여 읽어야 하는 시집은 오랫동안 함께 시간을 공유하고픈 애인과도 같아서 시를 사랑하는 마음은 첫사랑과 같다.

대학원 시절 시 창작 수업을 들은 적이 있다. 시를 써보지는 않았지만, 시를 읽었던 시간을 동원해 과제를 하는 가운데 부모님을 생각한 적이 있다.

마침 명절이기도 해서 「떡국」이라는 시를 적어 본 적이 있다. 시인이 시 한 편을 적어 내려가는 시간이 결코 짧지 않다. 시 한 소절을 쓰기 위해 많은 생각을 할 것이다. 세상에 떠도는 언어를 이해하기 위해 마음의 지경을 넓혀야만 했을 것이다. 사물이 말을 걸어와도 귀 기울이는 낮은 자세가 필요했을 것이다. 시인의 마음은 모든 것을 감싸고 나누는 어머니와 같다.

나의 자작시 「떡국」을 적어 내려가니 부모님의 일생이 파노라마처럼 지나갔다. 그 감사함을 다 담지 못했다. 그 사랑을 몇 자 적어본다.

떡국

하늘에 올리는 소원

한 그릇

복을 빌며 먹는 음식

한 그릇 상에 올리지 못했어라

동전처럼 얇고 가늘게 썰어

꿩고기 넣은

한 그릇

복에 복을 더 하길

소망 담아

한 그릇 수북이 담아 드리고 싶었어라

침묵 가운데

'괜찮여' 하신 눈빛에 눈물이 고였어라

2.

꽤 **괜찮은** 독서 **기록 여행**

01

책 처방 유서 기록

사랑하는 딸들에게.

유서라는 것이 살아남은 자에게 보내는 마지막 편지이기도 하겠지만 그 안에 소망하는 것들을 남기고 싶은 말인지도 모르겠다.

유서 안에는 금전적인 이야기도 담길 수도 있겠지만 엄마가 너희에게 주고 싶은 것은 돈으로도 살 수 없는 소중한 책 처방이란다.

엄마의 유서가 고작 책에 관한 처방이라고? 할 수 있겠지만 인생을 살아오면서 가장 소중한 것이 엄마에게는 책이었단다.

예쁜 그림이 그려져 있던 그림책을 읽었던 시간부터

'밥 먹어라.' 하시는 어머니의 소리도 들리지 않았던 독서의 시간

잠시 대학 입학시험으로 인해 책을 놓았던 순간까지

다시 무더웠던 어느 날 이지성의 『꿈꾸는 다락방』을 통해 꿈이 생겼던 독서의 달콤함을 맛보았단다.

또한, 도서관에서 우연히 책을 찾다가 보게 된 '독서법' 책 한 권이 엄마를 다독가에 행 열에 끼워 넣었던 시간이 기억이 나는구나.

꼬리에 꼬리를 무는 맥락 독서법과 한 권에 책의 저자가 아이돌 못지않게 팬심이 생겨 작가의 책들을 이어서 읽는 작가별 독서를 통해 우리는 너와 나라는 상호관계성을 버리고 살 수는 없다는 것을 깨닫게 되었단다.

'사람이 책을 만들고 책은 사람을 만든다.'라는 문장이 기억이 난다. 교보문고 설립자 신용호 회장의 말씀이란다.

장석주 작가의 저서 『글쓰기는 스타일이다』에서 작가는 독서를 많이 하는 사람들이 된다고 하더구나. 그리고 다독자의 뇌는 바뀐다고 했다. 그 뇌의 변화를 통해 사고가 바뀌고 인생이 바뀐다고 한다.

시대가 달라진다 해도 인간은 같이 살아야 하는 사회란다. 인생을 살아가면서 경험을 다 하며 살 순 없다. 책을 통해 간접 경험을 하므로 사람들

의 처지도 이해할 수 있고 공감할 수 있다.

유투브를 통해 SNS를 통해 소통을 하는 시대이지만 책은 세상이 무너진다 해도 다양한 방법으로 인간의 곁에 머물 것이다. 책을 통해 더 나은 세상을 꿈꾸는 이들의 이야기들이 이어질 거라 믿는다.

책이 주는 기쁨은 처음에는 잘 모를 수도 있다. 책을 가까이 두면 책을 읽는 속도라든지 책이 나에게 갖다 주는 지식의 넓이라든지 철학적 깊이라든지 차차 알게 된다.

물론 책도 좋은 책만 있는 것은 아니다. 책을 읽다 보면 양서를 볼 줄 아는 시야가 생긴단다. 다양한 분야의 장르를 통해서 세상을 살아가는 눈이 보다 선명해지고 지혜로워질 거야.

책 처방은 다름 아니라 여러 장르의 책들이 엄마에게 어떤 영향을 주었는지 이야기하고 싶다.

첫 번째 처방은 성경책이다. 세계에서 가장 뛰어난 지혜가 담긴 책이다.

세상에서 가장 많이 팔리고 2,000년이 넘도록 수많은 작가의 찬사를 받았던 책이다. 구약 39권과 신약 27권 총 66권이란다.

성경의 저자는 약 40명이고 약 1600년에 걸쳐 기록이 되었다. 구약은 하나님 옛 언약이 담겨 있고 신약에는 하나님의 새 언약이 기록이 되어 있단다.

두 번째 처방은 세계문학전집이란다.

고전이 더 많은 편이고 1세기가 지나도록 사랑을 받는 책이란다. 전 세계적으로 유명한 책들이고 수상한 다양한 작품이다.

마르그리트 뒤라스의 『연인』부터 조지 오웰, 헤밍웨이, 한국 단편 문학전집이나 황석영 작가, 이상 시인 등 수백 권의 책들이 출판사마다 번호를 달고 출판되어 있단다. 가장 인상적인 작품들은 조지 오웰의 『1984』, 카프카 『변신』, 가브리엘 가르시아 마르케스 『백년의 고독』, 이오네스크 『대머리 여가수』 등 세계문학전집의 작가들이 세기가 지나도록 보내는 메시지가 이 시대에도 울림이 있다는 것이다.

시대가 바뀌어도 인간의 생각이나 삶의 방향 그리고 악까지도 닮아 있다.

책을 읽으므로 지경이 넓어질 뿐만 아니라 다른 사람을 이해하고 공감하는 능력 그리고 미래를 바라보는 마음이 생긴다.

세 번째 처방은 자기계발서다.

자기계발서의 저자들은 자신이 하고 있는 일에서 뛰어나게 성공을 했거나 경험한 이야기들을 독자에게도 나누고자 대부분 책을 쓴 동기를 밝힌다.

앞에서도 말했듯이 이지성의 『꿈꾸는 다락방』을 통해 꿈은 이루어진다는 단호한 결심이 생겼고, 독서법 책을 통해 책 읽는 양이 늘어나게 되었단다.

보통 책을 출판한 작가들은 책 읽기를 모두 좋아했다는 생각이다.

용기를 주거나 아이디어를 나누고자 하는 작가들의 자기계발서는 직업이나 진로 문제 새로운 분야에 많은 도움이 될 거라 믿는다.

네 번째 처방은 시집이나 에세이다.

가장 인간의 아름다운 운율이 시가 아닌가 싶다. 가장 절제되었지만, 마음 울림이 넓은 것이 시집이다. 시는 꼭 노래와 같은 운율로 지어졌단다.

나태주 시인의 풀꽃을 보더라도

자세히 보아야 하고 오래 보아야 사랑스럽다고 하듯이

시인의 시집 속에는 인간의 오감을 자극하고 가장 많은 어휘를 공부할 수 있다고 본다.

또한 에세이(수필)는 작가들이 솔직하게 쓴 글이다. 작가들의 삶이 진솔하게 묻어 나오는 글이기에 그들의 삶이 거짓 없이 글로 나타나기 때문이다.

관찰하고 들여다보고 삶에서 겪은 이야기를 산문에 녹여 내었으니 멘토와 같은 책이 될 것이다.

다섯 번째 처방은 소설책이다.

앞서 세계문학전집들이 소설이기도 하지만 다양한 장르의 소설책들도 권유하고 싶다. SF소설부터 판타지 소설 자전적 소설 등등 상상의 세계가 현실이 되는 경우도 종종 겪는 글이 바로 소설이 아닌가 싶구나.

인간의 가장 적확한 현실을 풍자하거나 고발하는 경우도 소설 장르에 있다고 본다. 채만식의『태평천하』를 통해 인간의 이기주의가 얼마나 잘못되었는지 깨닫게 된 것도 소설을 통해서다.

책을 통해

더 나은 세상을 꿈꾸는 이들의 이야기들이
이어질 거라 믿는다.

조용한 아침 묵상

- 사라 영 『나와 예수님의 동행 다이어리』

어느 날 원하지 않는 사건을 만났다. 일상 일대에 치유가 어려울 수도 있는 사건이 내 삶에도 들이닥쳤다. 할 수 있는 거라곤 눈물과 원망, 분노뿐이었다.

혼자만 살아가는 삶이 아니기에 어떻게든 살아남아야 한다는 생각이 들었다. 다행이었는지도 모른다. 붙들 수 있는 것은 사람이 아닌 성경 말씀이었다.

친구가 선물해준 매일 큐티(묵상)로 사라 영의『나와 예수님의 동행 다이어리』를 받았다. 하루하루 성경 말씀 한 구절에서 두세 구절이 있는 묵상집이다.

2004년에 출간된 대화식으로 매일 예수님과 가까워지는 말씀으로 가득한 365일 다이어리식 큐티였다. 꼭 나를 위로하며 건네는 듯한 대화체가 힘이 되었다.

3월 31일

너희는 여호와의 선하심 맛보아 알지어다.

그에게 피하는 자는 복이 있도다.(시편 34:8)

JESUS : 나열아, 너에게 평안을 주노라. 세상이 줄 수 없는 평안을 주고 싶어 이 땅에 왔고 너의 염려를 알기 때문에 하루 내내 그리고 내 안에 머물러 여호와의 선하심을 맛보길 원한다.

MY ANSWER : 온전히 모든 염려를 주께 맡기길 원합니다.

매일 큐티를 통해 마음을 주님께 정하고, 기도하며 감사 일기를 매일 꾸준히 썼다. 하루에 5가지씩 감사한 것을 찾아 써 내려갔다. 처음에는 한 가지조차도 찾을 수 없었다. 이토록 어려운 상황에 감사할 것이 뭐가 있을까? 눈물을 흘리며 매일 밤 잘 들었던 기억이다.

신기하게도 매일이 쌓이고 감사를 선포하다 보니, 펜으로 노트에 적다 보니 놀라운 일들이 벌어졌다.

하루에 한 가지 감사를 찾기도 어려웠는데 한 가지가 두 가지가 되고 세 가지가 되더니 열다섯 가지도 써 내려갈 수 있었다. '감사'라고 생각하니 좋은 것만을 처음에는 찾아 썼다. 하지만 말씀을 묵상하면서 내 삶에 어렵거나 힘든 부분조차도 감사할 줄 아는 삶이 진정한 감사 일기가 아닌가 싶어 힘들었던 것조차도 감사하며 써 내려갔다.

매일매일 큐티 묵상 집을 통해 말씀을 읽고 기도 제목과 감사 일기를 쓰며 하루를 마감했다. 힘들고 고단했던 삶에 눈물이 지워지고 희망이 생기고 꿈이 생겼다. 그 꿈을 다시 꾸고 이루어나가기 위해 스스로 애쓰려는 힘이 생긴 것이다.

23년 4월 2일

우리가 잠시 받는 환난의 경한 것이

지극히 크고 영원한 영광의 중한 것을

우리에게 이루게 함이니(고린도후서 4:17)

JESUS : 하나님의 영광 가운데 나에게 필요한 모든 것을 채울 거란다.

내 안에 있는 모든 불안이 나를 흔들고 자랄지라도 그 잡초를 뽑는 이는 농부이신 하나님임을 잊지 말라.

MY ANSWER : 염려도 걱정도 해보았지만, 해결이 되지 않습니다. 오직 말씀과 기도 가운데 모든 것을 아뢰며 나아갑니다.

성경은 세상에서 가장 지혜로운 책으로 저자 40명이 1,600년 전에 하나님의 말씀으로 지어졌다. 세상에서 가장 많이 팔리고 2,000년이 넘도록 수많은 작가의 찬사를 받았던 책이다. 그러니 한번쯤 읽을 만한 가치가 있다. 꽤 괜찮은 독서 기록의 여행은 3년간 지속이 되었다. 아픔은 어느새 사라지고 마음은 단단해졌다. 읽고 쓰다 보면 나는 훌쩍 성장해 있다. 그 성장이 발판이 되어 앞으로 한 발짝씩 나아가게 된다. 독서 여행은 늦지 않았다. 조금 천천히 움직여도 된다. 매일 출발하면 된다. 자, 떠나 보자. 세상은 넓고 책은 많다.

자, 떠나 보자. 세상은 넓고 책은 많다.

03

친할머니&외할머니 사랑의 기억

- 케빈 헹크스 『열한 살의 아빠의 엄마를 만나다』

케빈 헹크스의 『열한 살의 아빠의 엄마를 만나다』를 읽고 나서 제일 먼저 떠오른 것은 바로 친할머니와 외할머니이시다.

친할머니는 내 나이 열세 살 때인 초등학교 6학년 때 돌아가셨고, 외할머니는 내가 결혼해서 두 아이를 낳은 것까지 보고 돌아가셨다. 두 할머니 모두 내게는 사랑 많은 기억뿐이다.

친할머니는 내가 태어나기도 전부터 아들 내외와 함께 사셨다. 내가 어릴 때 할머니는 동네 마실 다니실 때마다 나를 데리고 다니셨다. 친할머니를 따라 다녔던 이유는 맛있는 것을 먹을 수 있었고 마실가신 집 할머니들이 날 예쁘다고 하시면서 사탕도 과자도 종종 주셨다.

생각해보면 사탕과 과자도 좋았지만 남의 집 구경이 재미났다. 어릴 때부터 나의 공간 사랑은 남의 집 구경이었던 것 같다. 아파트보다는 주택이 많았던 시절인지라 집마다 구조가 다양했고 한옥구조와 2층 양옥구조가 어우러져 있던 동네였다. 구조가 다른 집들이 신기하기도 했고 흥미롭기까지 했다. 어리기 때문에 마음껏 남의 집 구석구석을 눈치 없이 구경할 수 있었던 것 같다.

할머니의 서랍장이 기억이 난다. 충분히 열어볼 수 있는 높이의 장이다. 위에서 두 번째 서랍장에는 외국 기업에서 일하시던 막내 고모가 가져다 놓으시는 간식들이 듬뿍 담겨 있었다. 막내 고모도 함께 살고 있었던 대가족 구조였다. 친할머니와 조카들을 위한 간식이었는데 배분은 할머니 몫이었다. 그렇게 모른 척하고 가끔 먹고 싶을 때 할머니의 서랍장에서 초코바를 몰래 꺼내 먹었던 기억이 있다.

할머니는 4명의 친손주 가운데 나를 유독 챙기셨다. 어딜 가시든 나를 데리고 다니셨고 이것저것 잘 챙겨 먹이셨다. 키가 작고 동그란 얼굴에 사시사철 한복을 입은 기억이다. 손수건과 작은 복주머니에 들어 있던 돈과

할머니의 고무신이 지금까지도 추억의 주머니에 담겨 있으니 말이다.

할머니는 돌아가시기 3년 전부터 치매를 앓으셨고 엄마가 외출했을 때는 내가 할머니를 위한 밥상을 챙겼다. 그뿐이랴 할머니는 방에만 계시니 변비도 있으셨다. 관장약으로 되지 않아 직접 어린 손녀의 손을 빌려야 하는 일도 있었다. 초등학교 5학년 나이임에도 불구하고 할머니의 병시중이 싫지 않았다.

어쩌면 할머니는 치매 중에도 그것을 알았던 것일까? 할머니에게 가장 가까이 있었던 셋째 손녀딸을 기억하신 것일까? 임종 전에 마지막으로 찾은 가족이 바로 나다. 친할머니에 대한 나쁜 기억도 있다. 간접적으로 지속하여 들은 이야기다. 2대 독자 집안에 연속으로 엄마가 딸을 셋이나 낳아 쫓겨날 정도였다고 한다. 그 세 번째 딸이 할머니의 모든 것에 함께 했던 손녀딸이다. 그래서였을까? 할머니는 마지막까지도 셋째 손녀딸을 찾으신 걸까? 할머니는 날 구박하신 적은 없다. 늘 예뻐해주셨다.

그날, 수업 중 교내 방송으로 할머니의 부고를 들었다. 그리고 한걸음에 학교에서 집으로 달려왔다. 할머니는 이미 관속으로 들어가셨다. 아마도 어린 손녀가 충격을 받을까 봐 할머니의 마지막 얼굴을 보여 주시지 않은 것 같다.

할머니의 유품을 갖고 싶었다. 사랑하던 이의 마지막 기억을 붙잡고 싶은 것은 어린아이도 마찬가지라는 생각이다. 아주 오래된 할머니의 성경책을 조용히 내가 집어 들었다. 할머니의 옷은 모두 태워졌고 할머니의 폐물은 고모들이 나누어 가졌다. 아직도 할머니의 돌아가시기 전 모습보다는 여행지에서 한복을 입고 당차게 서 있는 모습의 사진이 머릿속에 지워지지 않고 남아 있다.

외할머니의 기억은 늘 따뜻했다. 외할머니는 4남 4녀를 두셨던 8남매의 손자, 손녀가 총 20명이다. 할머니 8남매의 자녀 숫자가 3,4,4,2,2,2,2,1 순서대로다. 막내 삼촌 가정이 1명을 낳았다. 외할머니는 20명의 손자, 손녀들을 다 예뻐하셨다. 모두가 외할머니이자 친할머니로 기억될 터인데 할머니에 대한 기억들은 좋다. 사랑이 많은 분이셨다. 틈틈이 용돈도 챙겨주시고 20대에 강남역에서 놀다가 늦은 시간에 송파로 귀가가 어려워지면 외할머니댁(개포동)으로 가서 자곤 했다. 마음이 힘들 때면 할머니 무릎에 누워 울 때도 있었다. 그저 머리를 쓰담어주시며 아무 말도 하지 않으셨다. 외할머니는 90세까지도 정정하셨다. 그러시다가 점점 기운이 없어지고 곡기를 끊으시더니 자식들 보는 가운데 자연사로 숨을 거두셨다.

뉴베리상 수상작가 케빈 헹크스의 『열한 살의 아빠의 엄마를 만나다』는 주인공이 친할머니와의 깊은 애정이 묻어나는 책이다. 할머니가 돌아가신 후 할머니의 유품을 갖고 싶었던 주인공 스푼. 스푼의 나이는 열한 살이다. 할머니의 기억이 이토록 어린아이에게도 남아 있을 수 있다. 나도 여전히 두 할머니의 기억이 남아 있으니 말이다.

나의 미래에 손자가 있을까? 만약에 손자가 생긴다면 이야기꾼 할머니가 되고 싶다. 책을 많이 읽어주던 할머니로 기억에 남길 바라본다. 나의 미래 손자가 열한 살의 엄마의 엄마를 만나는 이야기 속에 유산으로 할머니가 쓴 책을 갖길 바라는 소망이 생겼다.

이야기꾼 할머니가 되고 싶다.

책을 많이 읽어주던
할머니로 기억에 남길 바라본다.

04

오래된 미래를 고전에서 찾다

- 조지 오웰『1984』

마지막에 윈스턴이 세뇌 교육을 통해 빅브라더를 사랑한다는 말에 소름이 끼쳤다. 인간에게 공포가 얼마나 견디기 어려운 것이며, 윈스턴이 술을 마시며 견뎌야만 했던 폐인의 삶이 되는 결말 때문이다.

인간의 자유가 보장되지 않는 사회 속에서 인간의 존엄성에 관하여 조지 오웰은 윈스턴을 통해 인간의 자유는 끝까지 말살시킬 수 없음을 독자들에게 말하고 싶어 하는 당대의 선각자적인 통찰력을 가진 작가였다.

윈스턴은 과거를 간직하기 위해 매일 일기를 쓰면서 자유를 즐기고 기억을 통해 진실을 기록하려 했다. 텔레스크린이 감시하는 가운데에도 일기를 썼다. 줄리아는 감시 가운데 있었다. 당에 충성하는 가운데에도 있었다. 그럼에도 불구하고 성적인 자유를 갈구했다. 이것은 빅브라더에 대한 반항인 것이다.

오세아니아는 빅브라더라는 전지전능하고 신과 다름없는 인물에 의해 지배받고 있는 곳이다. 사회주의 사상 아래 독재정권이 세워졌다. 내부 당원, 외부 당원 및 프롤(일반 민중)로 나뉘어 국가가 개인을 철저하게 통제하는 전체주의적 사회가 소설의 배경이 된다.

『1984』에서 형제단은 반항하는 이들을 잡기 위한 미끼였을 뿐이다. 고문이 두려운 것이 아니라 인간에게 공포가 얼마나 큰 고문이며 세뇌 교육이 얼마나 무서운지를 조지 오웰은 소설 속에 주인공 윈스턴과 줄리아를 통해 충분히 보여주고 있다.

텔레스크린과 음성 녹음기가 설치되어 감시하는 세상 속에서도 인간은 자유를 찾아 기억하려고 하고 기꺼이 목숨을 걸기도 한다.

조국의 지나친 통제와 독재에 대한 경각심, 인간성 존엄의 말살을 경고하며 조지 오웰은 수 십 년 전에 소설 『1984』를 통해 독자에게 말하고 있다.

범죄를 예방하거나 범죄를 단속하기 위해 범인을 빨리 잡아야 한다는 명목하에 21세기에도 텔레스크린을 방불케 하는 지능형 CCTV뿐만 아니라 전자등록까지 해야 하는 상황까지 와 있다.(코로나 팬데믹으로 인해) 보이지 않는 통제가 가능한 시대에 우리는 살고 있다.

조지 오웰이 권력과 전체주의 가운데 자유에 대하여 소설 속에서 강조하고 싶었던 부분들을 읽으면서 모든 인간은 기억에서 자유를 DNA처럼 갖고 있다는 생각이 들었다. 아무리 세상 속 상황을 통제하며 자신이 만든 세상을 자신의 손으로 아름다운 세상을 만들 수 있다는 전체주의 경각심을 기억해야 한다.

안타깝게도 소설 속의 윈스턴은 세뇌 교육을 통해 마지막엔 빅브라더를 사랑한다고 고백하며 끝이 난다는 사실이 무섭다. 하지만 그 공포를 알고서도 자유를 위하여 형제단에 가입한 반항이 더 강하다는 생각이 들었다.

『1984』를 읽고 나서 왜 영화 〈트루먼 쇼〉와 애니메이션 〈하울의 성〉이 떠올랐을까? 생각해보니 이 3가지의 공통점들이 모두 자유를 찾기 위한 인간의 의지와 사랑이 담겨 있기 때문이다. 한 개인이 자유가 억압된 본인의 상황을 인지하고 자유를 갈망하며 스스로 쟁취하는 여정들이 나타나 있다.

민주주의 국가는 자유를 보장한다. 점점 보이지 않는 통제 가운데 거대한 세트장 안에서 살아가고 있는 것은 아닌가? 하는 생각이 들었다.

그 어떤 환경도 인간의 기본적인 욕구와 인간 정신은 변화시킬 수 없다는 생각이다. 폭력과 공포에 변하지 않고 반항하는 정신이 있다. 인간의 기억에는 자유가 본능적으로 있다. 그 자유를 억압할 수 없다는 생각과 그 자유를 위해 인간의 여정은 앞으로도 끊임없이 나아가며 사라지지 않을 것이라는 확신이다. 이렇게 인간의 자유는 신의 존재에 가까운 가상 국가를 만들고 전쟁을 일으켜도 조정할 수 없다는 결론이다.

인간의 보통 생활, 인간 위에 군림하려는 권력 아래에서 얼마나 비인간적이고 인간 본래의 모습을 잃어버릴 수 있는지는 소설 속의 윈스턴을 통해보여줬고 실제로 조지 오웰이 참전한 전쟁을 통해서도 경험한 까닭이었다.

이 시대에도 행하여지는 역사조작이 국민의식을 권력의 편으로 끌어들이기 위한 술책으로, 권력의 악용과 수많은 가짜뉴스 그리고 언론플레이, 텔레스크린을 방불케 하는 첨단 감시기구 이 모든 것들이 전체주의를 닮아가는 모습이 아닌가 싶다. 조지 오웰의 『1984』는 현재의 우리 사회에 대한 경고이다.

조지 오웰의 『1984』를 읽고 나서 내가 살아가는 이 시간의 올바른 방향이나 안목은 무엇인가? 를 고민하며 생각한 것은 인간의 존엄과 자유를 잃어버리지 않게 하는 위대한 지혜는 독서이다. 한 권의 책이 가져다주는 힘은 크다. 동기가 될 수도 있고 꿈이 될 수도 있고 가치관이 될 수도 있기 때문이다.

역사서를 읽고 앞서서 간 선인들의 지혜가 담긴 고전과 조지 오웰처럼 미래를 내다보면 경각심을 갖게 하는 독서가 어떤 폭력과 권력의 지배하에서도 이길 수 있는 인간 정신을 만드는 방법일 것이다.

헤르만 헤세는 "자연의 선물로 받은 것이 아니라 인간이 영혼을 바쳐서 창조한 여러 세계 가운데 가장 위대한 것은 책의 세계이다."라고 말했다.

독서를 통해 꿈을 가진 자는 현재의 위기와 시련에도 쉽게 굴복하지 않는다. 책을 통해서 세상을 바라보는 안목도 생긴다. 깨어 있는 인간은 어떤 권력으로 통제를 한다고 해도 인간의 존엄과 자유를 위하여 거세게 대항할 것이다.

개나 돼지 같은 존재로 사는 즉, 오로지 먹고 마시고 즐기는 삶은 미래가 중요하지 않기 때문이다. 미래를 보지 않으려 해서 그런 무관심이 생기고 가짜뉴스나 권력의 편파에 쉽게 속아 넘어가기도 하는 것이다.

조지 오웰은 『1984』를 통해 독자들이 깨어 있기를 바랐다. 나 또한 이 책을 읽으면서 전체주의, 권력, 인간의 존엄성, 자유, 세뇌 교육 등에 관해 더 가까이 느끼고 깨닫는 시간이었다.

자극을 받고 경각심을 심어준 조지 오웰의 바람을 기억하고 미래를 회피하지 않아야 한다. 미래의 안전을 강력하게 소망해야 한다. 책은 다양한 독자를 만나 새롭게 마음에 싹이 트게 한다. 내가 조지 오웰의 『1984』를 통해 마음에 독서와 사색에 대한 씨앗이 마음에 심어졌다. 독서는 자유이며 선택이다. 우주가 담겨 있는 좋은 책을 읽는 것이 가장 좋은 방법이다.

마음을 어루만지는 텍스트

- 김사인 『시를 어루만지다』

김사인의 『시를 어루만지다』는 책 속에 책으로 읽게 되었다. 박웅현의 『다시, 책은 도끼다』에서 칭찬이 어마어마했다.

궁금한 터에 우연히 도서관에서 책을 대출하고 뭔가 더 읽을 만한 책을 둘러보는 중 기막히게 눈에 띈 책이 바로 『시를 어루만지다』이었다.

운명 같은 느낌이었다. 아마도 이미 박웅현 작가가 책 속에서 김사인 교수와의 인연 등 많은 이야기를 했던 터라 눈에 띄었던 것 같고 알아본 듯싶다.

시에 대해서는 '어렵다.', '쉽다.'를 떠나서 지난 세월 뒤돌아보면 그다지 시를 읽지 못했다는 것을 안다. 그런데 어디 시를 어루만질 수도 있었겠는가? 그나마 대학원 입학 후 첫 학기에 시 창작론을 수강하면서 이론이나 토론과제, 시 창작, 퇴고 등등 조금씩만 맛보았을 뿐이다. 그 이후 그래도 시집을 몇 권 찾아 읽었다. 김사인 교수는 시를 대하는 태도부터가 달라야 한다고 말했다.

시를 사랑하는 마음이 있어야 한다는 것이다. 이 책에는 많은 시인의 시와 김사인 교수의 감상이 적혀 있다. 들어도 보지 못했던 숨은 보석 같은 시인들이 한 편의 시를 위해 온 마음을 다해 세상을 바라보고 들려주고 싶어 한다. 시인은 온 정성을 다해 독자의 마음을 어루만질 창작을 했을 거라는 상상이 든다. 이제야 비로소 문장이 소중하고 아름답다는 눈이 떠졌다. 천천히 시를 읽고 마음에 상상을 불어 넣어본 후 교수의 생각을 들어보니 더욱 마음에 들었다.

김종길의 「팔순이 되는 해에」라는 시가 아련하다. 독자의 마음에 훅 파고 들어와 앉는다.

그의 시에서 팔순이지만 바닷가에서 노는 아이와 같다고 했다. 사람의 마음 나이는 여전히 어린 아이이다. 팔순이 되신 시인의 마음이 순수하고 시적 감각이 살아 있음에 놀랍다.

시를 어루만지는 독자가 앞으론 되고 싶다는 마음을 오늘 밤 간직하며 기록하고 싶다.

세상의 시인들은 사물이나 사람이나 주변을 그냥 보지 않고 사는 것 같다.

보고

느끼고

껴안고

어루만지다가 온 심혈을 다해 텍스트로 기록한다는 생각이 들었다. 그 시간까지 가기에는 아마도 노력과 고통이 따랐을 것이다. 모든 것은 임계점이 닿을 때 이루어지듯 말이다.

직업이 요리 강사이다 보니 찌고 볶고 끓이는 작업을 많이 한다. 조리과정에서도 적당한 불 조정과 시간이 필요하다. 때가 되어야 끓는다. 임계점이라는 단어를 떠올리며 시를 써본다. 우리의 삶도 매일 조리과정일 것이다. 그 과정을 잘 밟고 기록할 때 아름다운 결과물의 시간에 도착하리라 본다. 기록의 여행은 많은 열매를 맺게 한다.

임계점

냄비 바닥에서부터 서서히 온기가 찾아왔다

따뜻함에 식욕은 부풀었고

아는 맛에 대한 기대가 보이기 시작했다

기포가 생길 때만 해도

세상이 줄 수 없는 혀끝에 다가올 맛을 알고 있었다.

바글바글 끓어오르는 노력이면 될 줄 알아

숟가락 끝에 마법의 가루를 넣어가며 휘저었다

충분한 소용돌이가 일어나도 결과는 나타나지 않는다.

견디기 어려운 근질근질한 가려움으로

이젠 맛도 보기 전에 미각 세포 하나하나 떼어버리고 싶어졌다.

멈출 수도 없는 회오리 같은 반복 속에서

멈추려 하는 순간

노력이 회오리를 만나

비로소

이루어졌다.

기록의 여행은 많은 열매를 맺게 한다.

06

사람이 수필이다

- 홍미숙 『나에게 주는 선물』

간절함은 온 우주의 기운을 모아 온다. 간절하다는 것을 우주도 만물도 다 알고 있는가 보다. 그 간절함에 이루진 일들에 대해 꿈에 대한 감사함을 표현해야 다시 선순환이 시작되는 것 같다. 매일 아침 눈을 뜨고 일어나는 나에게 주는 선물은 아침 인사다. 굿모닝!!

영어 'present'의 뜻은 오늘이기도 하지만 선물이기도 하다. 하루에 받은 24시간이라는 선물은 내가 한 시간 한 시간 귀하게 열어볼 때마다 각양각

색의 이벤트가 기다리고 있다. 나에게 주는 신의 선물은 시간이다. 시간을 귀하게 여기지 않았던 시절에는

'시간이 왜 돈이지? 시간이 왜 금인데?' 하며 고개를 갸웃거렸다.

시간의 소중함을 참으로 늦게 깨닫게 되었다. 허송세월이라는 단어가 하는 일 없이 세월만 헛되이 보낸다는 뜻이다. 그동안 허송세월로 보낸 시간이 많았다. 시간 관리도 능력이다. 시간 관리를 잘하려면 습관이 중요하다. 일찍 일어나는 일부터 헛되게 보내는 시간이 없도록 계획하고 사용해야 한다. 그래야만 허송세월을 잡을 수 있다.

시간을 그저 그렇게 보내다가 나를 잡아준 것은 바로 책이었다. 책이 나를 불러주지 않았다면 어쩌면 허송세월을 보냈을 것이다. 시간이라는 돈을 마구 플렉스 하면서 말이다. 나의 관심이라는 불씨에 불을 붙인 것은 책 한 권의 힘이고, 그 힘이 또 다른 힘을 불렀다. 꼬리에 꼬리를 무는 책 소개가 꿈을 꾸게 하고 실천했다.

어디였는지는 알 수 없지만 한참 『나에게 주는 선물』이라며 내가 좋아하는 것들을 나에게 선물한 기억이다. 돌이켜 보니 아마도 홍미숙의 『나에게 주는 선물』이라는 책이 그 당시 베스트셀러이었다. 사람들의 구두로 전달되어 나의 일상에도 영향을 준 것이 아니었을까 싶다.

모 커피 회사에서 운영하는 문학상이 있다. 2년에 한 번씩 열리는데 그

회사에서 패널을 모집하여 지원을 했다. 공모전에 매번 떨어졌지만, 늘 문학상에 대한 로망이 있었다. 문학상 수상 목적이 해결되지 않아 패널이라도 하고 싶어 참가했다. 문학상 시상 이전에 프로그램이 진행이 된다. 직접 참여도 가능해 지원한 것이다. 그 문학상의 프로그램 중 하나가 문학 기행이었다. 통영으로 가는 1박 2일의 문학 기행에서 고 박경리 선생님의 묘도 참배를 했다. 예전에 박경리 선생님의 산문집을 읽고 문체를 따라 글을 써 보는 연습을 해서 그런지 더 마음이 짠해 와 눈물이 핑 돌았다. 한 번도 본 적이 없는 오로지 책으로만 만난 사이가 아닌가? 그럼에도 고 박경리 선생님의 역사에 남을 책들은 많은 이들에게 영향을 주었다. 바다가 한눈에 보이는 곳에서 박경리 선생님이 반겨주는 듯했고, 심사 위원장이시던 김홍신 선생님이 묘의 잡초를 뜯어내셨다. 참 인상 깊었던 묘지이었다. 문화해설사분이 통영의 문학과 박경리 선생님의 이야기를 들려주셨다.

홍미숙의 『나에게 주는 선물』 책머리에는 이 세상 모든 것이 나에게 선물이 되었고, 나도 나에게 선물을 하면서 살아왔다고 했다.

선물은 내가 남에게 주어야 하고 남이 나에게 주어야만 선물이 아니다. 내가 나에게도 선물을 줄 수 있다. 따듯한 말 한마디도 큰 선물이 된다고 작가는 말한다. 그렇다 나에게 주는 선물이 꼭 명품이 아니어도 따듯한 말 한마디라도 자신에게 하는 것도 큰 위로가 되고 격려가 될 것이다. 이 세상

누구보다도 나를 먼저 사랑할 줄 아는 자세가 바로 타인도 사랑하고 배려하는 마음으로 이어지지 않을까?

홍미숙 작가는 에세이를 쓰는 사람들은 마음이 다 좋다고 했다. 에세이에서 자신을 발견할 수 있다고 한다. 자신의 과거, 미래, 현재를 볼 수 있기 때문이다. 에세이를 씀으로 인해 인생을 소중히 생각하며 사랑하게 될 것이라고 말한다. 그러니 수필을 쓰는 사람은 곧 자신이 수필이 되는 것이다.

사람이 수필이 되려면 주변을 돌아볼 줄 알아야 한다. 귀 기울여 타인의 말을 들어야 한다. 공감은 사람을 받아들일 줄 아는 자세이다. 공감은 타인의 고민이나 아픔을 감싸 안아주는 최고의 방법이기 때문이다.

타인의 말을 들을 수 있다는 것은 이미 인간의 도리를 잘하며 살고 있다는 것이다. 나 홀로 사는 인생이 아니다. 더불어 살아가기 위해서는 들어줄 수 있는 자세가 준비되어야만 한다. 특히 수필을 쓰는 사람이라면 말이다.

07

진심이 닿는 공간은 어디일까?

- 김현진 『진심의 공간』

1평 정도의 진심의 공간이 바로 나만의 책상이 머무는 곳이다. 나를 위한 유일한 공간이다.

좁아도 나름 쓸모가 많은 공간이라서 점점 애정도가 높아가고 있다. 책상 앞 벽에는 원하는 목표의 문구가 붙어 있다. 오일 파스텔을 그리는 '드로잉 하라' 닉네임의 친구가 준 23년 달력에 스케줄도 작성했다. 그림도 좋아해서 독서대에 그림 한 장 올려놓았다. 색조 화장을 그리 좋아하지 않아서 스킨과 로션 정도의 기초화장품도 진열해놓고 사용한다. 메모지에 매일 해야 할 일을 적어두고 메모판에 붙여두고 수시로 들여다본다.

글쓰기를 할 때 생각보다 지구력이 꽤 필요하다. 엉덩이가 무거워야 글쓰기 조건에는 맞다. 따라서 체력이 필요하다. 김훈 작가는 자전거를 즐긴다는 기사를 본 적이 있다. 일본 작가 무라카미 하루키도 마라톤을 한다. 드라마 미생에서도 체력이 중요하다고 했다.

나만의 최애 공간에서 책을 읽고 글을 쓰고 나름 어학 공부를 하고 있다. 이 공간이 진심 와 닿는 이유는 무얼까? 그 답은 건축가이자 글 쓰는 사람 김현진의 『진심의 공간』을 우연히 도서관에서 만나 조금이나마 해소되었다.

요즘 나의 주제는 공간이다. 공간에 관련된 책들은 대부분 건축 부분에 많다. 글을 쓴 이들도 대부분 건축가다. 김현진의 『진심의 공간』에서 제목을 보고 목차를 보니 책의 종류는 에세이다. 하지만 내용에는 시도 들어 있고 건축보다는 공간에 진심이 가득한 문학인의 향기가 물씬 나서 선택을 했다. 아니나 다를까? 추천사를 김선우 시인이 써주었다. 일상을 꾸려나가는 거의 모든 공간에 얼마나 많은 마음이 깃들어 있는지 발견하게 해주는 책이다.

오늘의 한 공간에 새겨져 있는 과거와 미래 사랑의 무늬들을 관찰하다

보면 그 누구도 아닌 바로 나 자신의 숨소리가 들린다.

공간의 마음이 나의 마음과 접속하는 순간 열리는 신비한 여로 '나만의 공간'을 꿈꾸는 이들이라면 빠져들어 읽게 될 것이다.

첫 장을 넘기면서 저자가 남자인 줄 알았다. 건축가이고 이름도 남성스럽다는 선입견이었다. 책을 읽을수록 진심이 묻어나오고 공간에 대한 애착이 강렬했다. 공간을 해석하는 그녀의 글 솜씨는 거의 철학적인 수준이라는 생각이 들었다. 책을 읽다 보니 저자가 궁금해졌다. 포털 사이트를 검색하고 그녀의 인터뷰를 읽으면서 더 매력적으로 다가가게 되었다. 특히 저자의 인터뷰 중 책을 읽으면 반드시 독후감을 기록으로 남긴다는 것이다. 김현진의 『진심의 공간』에는 그녀의 공간에 관련된 시가 한 챕터마다 들어있다. 직접 자신만의 집을 지어야 하는 이유도 마지막 장에 나온다. 주옥같은 문장들이 마음에 착지를 한다. 그때마다 저자를 만나 이야기하고 싶은 것이 머릿속을 헤엄쳐 다닌다.

김현진의 『진심의 공간』에서 내게 온 문장들은 이러하다.

"내가 사는 공간의 아름다움을 이해하고자 하면 내 삶에 새로운 문이 열릴 것이고 문화를 이어가는 사람은 이타적인 사람이 될 것이다."라고 말한다.

그렇다. 내가 사는 공간의 아름다움 꼭 화려하고 웅장하지 않더라도 작은 공간이라도 내 마음이 편히 쉴 수 있는 공간이라면 내 삶 속에 새로운 문은 이것이다.

바로 긍정의 마음으로 바라보는 시각이 아닐까 싶다. 거기에 문화를 이어가는 사람은 경험의 핵심을 간직한 매개체로서의 정신을 가진 사람이다. 자신과 타인을 이롭게 만드는 사람을 말한다는 문장이 마음에 와닿았다.

김현진의 『진심의 공간』을 통해 나의 긍정적인 사고와 시각이 '나의 삶에 새로운 문을 열어줄 거야.'라는 기대가 생겼다. 나의 최애 공간인 1평의 미니 서재가 진심의 공간으로 나에게도 누군가에게도 이로울 수 있는 글을 써 내려가는 공간이 되길 소망했다. 공간에 진심이었던 작가를 한 권의 책으로 만나 그녀의 철학에 빠져들 수 있다는 것이 새삼 놀랍기도 하고 그녀의 건축물을 찾아 나서보고 싶어지기도 한다.

내가 그토록 마음 한 칸의 공간을 흠모하는 이유는 뭘까? 고민해보는 시간임과 동시에 그녀의 책으로부터 공감과 위로, 희망을 보기도 했다. 건축가는 아니지만, 공간을 사랑하는 사람으로서 더욱 진심을 다해 공간에 관한 글을 써보고 싶어졌다.

08

인생 뭐 있어? 매일 여행이지!

- 요시모토 바나나 『매일이, 여행』

부모님이 여행을 참 좋아하셨다. 연두색 자가용은 어딜 가든 눈에 띄었다. 멋쟁이 아버지의 감각이셨다. 아버지는 사업을 하고 계셨는데 주말이면 가족들을 차에 태워 가까운 근교를 많이 데리고 다니셨다. 1남 3녀의 형제들의 공통점은 아니나 다를까 여행을 좋아한다. 여행이라면 자다가도 벌떡 일어나는 것이 나의 형제자매들인지도 모르겠다. 나의 특기 중 하나도 가방을 싸는 일이다.

여행을 즐기다 보니 여행 가방을 잘 싼다. 어렸을 때 함께 했던 여행 중 가장 기억에 남은 것은 임진각을 가는 것이었다. 그 당시에만 하더라도 시골길 같았다. 추운 겨울이었지만, 따사로운 햇살처럼 포근하게 기억에 남는 장소다. 머릿속 기억은 없다. 사진들과 좋았던 기분이 기억에 남았을 뿐이다. 임진각 어디인지 모르지만, 해태조각상을 배경으로 온 가족이 함께 찍었던 기억. 엄마는 참으로 젊고 예뻤다. 아빠는 가죽 잠바에 가죽 장갑을 끼고 있는 뭔가 우리 가족의 대장 같은 모습이었다. 1남 3녀와 함께 가족사진을 찍었던 기억이다.

88올림픽 이후 부모님은 세계 여행을 자주 나가셨다. 부모님 영향이었는지 자녀들에게도 여행은 최고의 이벤트처럼 여겨졌다. 특히 엄마는 결혼한 딸들에게

"아이들은 내가 봐줄 터이니 기회가 생기면 맡기고 여행 다녀오너라." 정말 감사한 말씀이었다. 엄마가 나이 들어 여행을 가보니 힘들었다고 하신다. 부지런히 다니신 이유도 더 늙기 전에 세상을 보고 싶었다고 하셨다.

요시모토 바나나도 『매일이, 여행』에서 세상에 모든 것들이 사라지고 없어질 수 있으니 살아 있을 때 추억을 가득 모으자고 했다.

엄마도 추억을 만들어보니 딸들에게 그 추억을 만들어주고 싶어 손주들을 봐주겠다고 하신 것이다.

여행을 다닌다는 것은 쉬운 일이 아니다. 익숙한 곳에서 벗어나서 낯선 곳을 다니면 긴장을 해야 한다. 어디서 어떻게 문제가 닥칠지 모르기 때문이다. 여행 준비 전에도 준비해야 할 것이 제법 있다. 일단 여행지에 대한 얄팍한 정보라도 있어야 한다. 왜 여행을 가는지에 대한 목적도 있어야 한다. 목적이 없는 여행은 의미가 없다. 여기서 여행의 목적은 다양하다. 자신을 쉬게 하는 목적일 수도 있고, 새로운 정보를 얻기 위함일 수도 있다. 견문을 넓히기 위함일 수도 있다. 여행을 통해 짧은 시간에 많은 경험을 한다. 목적은 여행지에서 경험하는 것과 시선이다.

코로나 팬데믹으로 여행길이 막혔다가 엔데믹으로 다시 해외 여행길이 열리기 시작했다. 코로나 팬데믹 때는 국내 여행을 정말 무장하고 갔다. 인간의 욕구는 사라지지 않으니 여행을 포기하고 살 수는 없었다. 그러다가 요시모토 바나나의 『매일이, 여행』 책 한 권으로 여행에 대한 관점이 바뀌었다. 여행도 일종의 독서와도 같다는 생각이다. 제목부터가 매일이, 여행이란다. 요시모토 바나나가 『매일이, 여행』에서 이런 말을 했다.

"여행은 참 묘하다. 여행할 때는 신경이 날카로운데 막상 여행에서 돌아와보면 힘들었던 것도 싫었던 것도 더 이상 버겁게 느껴지지 않고 힘든 기억으로도 남지 않는다."

그렇다. 아이들이 어릴 때 무슨 여행을 하느냐고 묻는 이들도 있었다. 아이는 기억을 할 일이 없다. 다만 아이들은 그 분위기를 기억한다. 부모와 함께 즐거워했던 여행의 시간 기억이다.

요시모토 바나나의『매일이, 여행』으로 인해 여행의 관점이 바뀐 것은 이제 기억으로 남는 여행을 위해 여행지의 범위가 달라진 것이다. 내가 사는 동네를 벗어나면 모든 게 여행지이다. 우리의 삶이 반복적인 일상이긴 하지만 사람들은 누구나 매일이 여행처럼 느껴지길 바란다. 먼 곳으로 여행을 갈 수 없는 시국이라서 가까운 이웃 동네 구경도 여행이라고 생각한다. 미술관이나 전시 공연들도 분명 여행의 일종이라 생각하며 즐기고 있다. 그렇다면 난 매일 여행 중이다. 익숙하지 않은 곳에서의 모험은 여행지로 가장 적합하다는 생각이다. 여행도 독서와 같다는 생각에는 변함이 없다. 새로운 것을 받아들이고 생각해야만 내 앞에 펼쳐진 것들이 온전히 내게 올 수 있다. 좋은 기억은 지속적인 욕구를 유발한다. 인간이 저세상에 가져갈 수 있는 것이라고는 추억뿐일 것이다. 돈도 가져갈 수 없고 명예도, 자식도, 보석도 다 가져갈 수 없으니 이왕이면 일상이 여행이 되자. 나빴던 여행도 결국엔 시간이 지나면 웃으며 넘기는 기억으로 남을 것이다. 마음에 안 드는 여행지와 책은 있을 수 있다. 하지만 모든 여행은 추억으로 남는다.

마음에 안 드는 여행지와 책은 있을 수 있다.
하지만 모든 여행은 추억으로 남는다.

09

식물도 사랑받을 줄 알아!

- 디디에 반 코뷜라르트 『식물의 은밀한 감정』

"엄마는 어쩜 이리도 화초를 잘 키워요?"

엄마는 미소를 지으며 비법은 따로 없지만 매일 들여다 봐주고 쓰다듬어 주는 것이 화초가 잘 자라는 것이라고 하셨다.

"그럼 화초도 아는가 봐, 그지 엄마?"

엄마는 죽어가는 화초도 살리는 비법은 그저 매일 쓰다듬어주고 적당한 햇빛과 무심한 듯 물을 주는 것이라고 하셨다. 지나친 햇볕의 노출이라든가 지나친 수분 공급은 도리어 화초를 죽이는 방법이라고도 하셨다.

이른 아침 도서관을 향하여 가는 길에 만나는 화랑공원에는 도시 속에서 만나는 작은 숲속이다. 더군다나 주말에는 길에 차가 별로 없다. 내가 사는 지역이 벤처 벨리다. 주말 아침에는 차가 거의 안 보일 정도다. 차가 많지 않은 거리를 아침에 걷는 게 그냥 좋다. 도로변보다는 나무도 식물도 많다. 그 길을 걸어가면서 계절의 변화와 예쁜 꽃들을 감상할 수 있어 도서관 걸어가는 길이 좋다. 인간은 많은 자연의 관심을 무심하게 받고 사는 것 같다.

도서관에 도착 후 핸드폰에서 도서관 앱을 열어 관심 도서를 클릭하면 그동안 읽고 싶었던 관심목록이 보인다. 관심도서 목록을 찾아 서가의 책꽂이를 두리번거리면 나에게 말을 건네는 도서들이 종종 있다.

디디에 반 코빌라르트의 『식물의 은밀한 감정』을 자연스럽게 대출하게 된 계기는 김초엽의 『지구 끝의 온실』을 읽고 난 후였다. 디디에 반 코빌라르트의 『식물의 은밀한 감정』이란 책은 식물에 관한 책이다. 호기심이 생겼다. 김초엽의 『지구 끝의 온실』에서 작가의 아버지가 하신 말이 '식물은 다 된다'는 말을 했던 게 생각났다. 도대체 식물은 다 된다는 말의 뜻이 무얼까? 궁금해졌다. 그 참에 식물의 은밀한 감정이 무엇일지 더 궁금해진다. 책을 집어 들고 대출을 했다.

열람실에 나 홀로 떡하니 자리를 잡고『식물의 은밀한 감정』의 독서 여행을 시작했다. 어렵거나 재미없겠다 싶었는데 놀랍게도 술술 잘 넘어간다. 마치 소설 같은 과학책이다. 하지만 꾸며내는 소설이 아닌 과학적으로 증명된 바탕으로 쓴 에세이다.

작가는 소설가이다. 프랑스의 가장 큰 문학상인 콩쿠르 상을 받은 사람이다. 소설가라 그런지 과학책이 소설처럼 재미가 넘쳐났다. '어쩐지… 이렇게 재미나게 쓸 수 있구나!' 하고 감탄을 했다.

식물도 감정이 있고 그것을 과학적으로 연구원들이 데이터를 만들고 그것을 책으로 디디에 반 코뷜라르트가 지었다. 흔하게도 알고 있는 식물의 소문이 진실이라는 것을 디디에 반 코뷜라르트의『식물의 은밀한 감정』이 책에서 보여 주었다.

감정이란? 국어사전을 찾아보면 '어떤 현상이나 일에 대하여 일어나는 마음이나 느끼는 기분'이라고 쓰여 있다. 그렇다면 식물의 표현을 우리가 알 수 없을 뿐 식물은 어떤 현상이나 일에 대하여 느끼는 의식이 있다는 것이 아닌가?

식물을 두 개 설정해서 하나는 욕을 하고 하나는 칭찬을 하면 각기 다른 결과가 나온다는 이야기 말이다. 식물은 감정이 있다. 그래서 반응을 보이는 것이고 과학적으로도 증명이 되었다고 하지 않은가? 그만큼 식물에도 은밀한 감정이 있어 어떠한 상황이 생기더라도 살아남기 위해 분명 방어 작용을 한다는 것이다.

김초엽의 『지구 끝의 온실』이라는 소설을 보면 죽어가는 지구의 더스트 시대를 종식시킨 것은 바로 레이첼이 연구한 모스바나(식물)였다. 디디에 반 코빌라르트의 『식물의 은밀한 감정』에서 식물 없이는 인간이 살 수 없는 것이 우리에게 제공되는 산소와 식량이라는 것이다. 그렇다. 인간은 산소 없이도 식량이 없이도 살 수 없는 존재이다. 하지만 식물은 인간 없이도 살 수 있는 존재라는 것이다.

그렇다. 식물은 보이진 않지만, 감정이 있어서 우리의 행동을 다 보고 있고 인간에게 받은 만큼 유익한 것을 쏟아 내어준다. 식물은 우리의 존엄한 동반자이기도 하다. 식물은 은밀하고 치밀하게도 화학물질을 배척해 적에게 경고하고, 때로는 독을 품어 포식자를 죽이기도 한다고 저자는 말한다. 식물은 필요 이상의 탐욕을 부리지 않는다는 것이 식물의 본성이다. 식물은 이렇게 인간 없이도 살 수 있지만, 인간은 식물 없이는 살 수 없다.

도서관에서 다시 집으로 돌아오는 길에 핀 잡초조차도 특별하게 보이는 날이었다. 우리 주변에 서식하는 가로수부터 공원에 핀 꽃들까지도 감사했다. 집에서 화분 하나라도 키워보고 싶은 마음이 생겼다. 세상에 소중하지 않은 것들이 있을까? 하는 생각까지 들었다.

인간은 많은 자연의 관심을 무심하게 받고 사는 것 같다.

식물들의 은밀한 감정이 내게 준 선물은 식물은 필요 이상의 탐욕을 부리지 않는다는 것이다. 살아가면서 내가 누리는 모든 것들이 혼자서 된 것이 아니라는 생각이다. 보이지 않는 손길을 통해 살아가고 있다는 것을 깨닫는 은밀하고도 재미있는 독서 여행이었다.

10

영화, 소설 그리고 책

- 줄리아 차일드 『Masterring the Art of French Cooking』

〈줄리 & 줄리아〉는 실화를 바탕으로 한 영화이다. 이 영화를 보고 나서 책을 찾아보니 실존 인물 줄리아 차일드가 쓴 요리책 『Masterring the Art of French Cooking』 원서뿐이다. 줄리 파월의 책보다는 줄리아 차일드 원서를 구매했다.

영화는 실존 인물인 줄리아 차일드의 레시피를 따라하며 블로그를 올린 줄리 파월의 책 『Julie & Julia』를 원작으로 50여 년의 세월을 뛰어넘은 줄리아 요리사와 파워 블로거 줄리의 열정과 성공 이야기를 그렸다.

이 영화가 요리책에 관한 관심을 불러일으킨 책이라고는 할 수 없지만, 내게 큰 인상을 주었다. 요리 강사로의 시작과 블로거로서의 라이프를 그때 막 시작했기 때문이다.

어려서부터 요리와 가까웠던 이유는 친할머니와 함께 살았다. 할머니는 집성촌이었던 동네에서 요리를 잘하시기로 소문이 나 있었다고 한다. 동네의 대소사 음식 감독을 하셨다고 한다.

시집온 엄마는 시어머니로부터 요리를 배우기 시작하셨다. 할머니에게 장김치를 제외하곤 한식의 모든 것을 배우셨다고 한다. 어려서 나는 요리에 관심이 있다고 볼 순 없었다. 다만, 손이 부족한 엄마를 돕기 위해 자연스럽게 조리하는 일에 강제 동원이 되었다. 시누이만 5명 홀어머니의 외아들에게 시집을 온 엄마는 가족이 모두 모이는 명절과 생일에 해야 할 음식이 바로 외며느리의 몫이었기 때문이다.

어린 손까지라도 빌려야 할 만큼 애타는 엄마의 마음을 이제야 안다니 참으로 철이 늦게 들었다. 매일 장을 보고 아이들 간식부터 식사 준비까지 손수 다 해주셨던 엄마 덕분에 요리 강사가 되어 20년째 좋아하는 일을 하고 있다.

자연스럽게 일반 책보다는 요리책을 많이 보게 되었다. 직업이 요리 강사이다 보니 유행하는 메뉴라든지 전통 한식을 공부해야 하는 책들을 많이 읽어보았다. 책 읽기가 취미라기보다 책 읽는 것이 공부가 되어야 목적을 이룰 수도 있고 배움이 더 크다고 생각했다. 시간을 메우기 위한 '독서가 취미예요.'라는 말은 독서를 통해 남는 것이 없기 때문이다.

좋아하는 요리를 누군가에게 전달하기 위해서는 책을 읽고 직접 테스트를 해보아야 한다. 정확한 레시피를 전해야 초보 배우자도 요리를 통해 성취감을 느낄 수 있다. 처음부터 완성도가 떨어지면 요리를 배울 마음이 생기지 않는다.

요리책을 오랫동안 많이 읽었다. 직업상이라고 하지만 유독 책을 좋아함도 있다. 사람은 누구나 input이 있으면 output이 있게 마련이다. 초반에는 레시피를 보기만 했다. 레시피를 만드는 것에 두려움도 있었다. 요리를 직접 해나가면서 기록을 하니, 나만의 레시피가 생기기 시작했다.

책과 실천의 테스트 키친을 통해 만들어진 레시피로 책을 한 권 집필했다.『엄마가 챙겨주는 청소년의 아침 식사』이나열, 레시피팩토리

요리책을 아마도 1,000권 정도 내외로 읽었을 것 같다. 독서 기록을 하지 않은 점이 아쉽기는 하다. 보통 1,000권을 읽으면 책을 출판한다는 이미 검증된 독서법의 저자들의 이야기도 있다. 그중에 3년 동안 도서관에서 기

적을 만나 김병완의『나는 도서관에서 기적을 만났다』에서 저자는 책에 관하여 인간은 독서를 통해 무엇이든 될 수 있다고 말한다.

줄리가 줄리아의 책을 통해 요리를 올리는 블로거가 되었듯이 말이다. 어떤 책이든 나에게 말을 건네는 책들이 있다. 그 책들을 통해 누군가에게는 희망이 생기고 누군가에게는 꿈이 생기고 누군가에게는 위로가 된다. 그러니 도서관이든 서점이든 나를 기다리는 책을 만나러 지금 가보자. 읽다 보면 쓰는 기록 여행이 곧 나에게 달려올 것이다.

3.

진정한 읽기 로부터의 쓰기 여행

01

글감은 평범한 일상에 숨어 있다

매일 글을 쓴다는 것, 놓치고 나면 하염없이 날이 넘어가고 넘어가버린다. 이러다가 종잡을 수 없을 것 같아 몇 자라도 적는다. '매일'이라는 습관이 엄청난 파워를 갖는다는 걸 새삼 느낀다. 하루를 놓치니 이틀이 되고 나흘이 지나가버리는 순간을 종종 겪는다. 글쓰기 카페 문을 열고 들어 왔다. 대학원에 입학 후 동기들끼리 모여 책 출판 글쓰기 동아리를 만들어 매일 카페에 글을 올리고 있다. 하지만 일상의 순간을 매일 잡고 있지 않으면 흐르는 물처럼 시간을 잡을 순 없다. 시간을 흐려 보내지 않으려면 '매일'이라는 습관이 필요하다. 글을 쓸 때 원칙을 써보기로 했다.

1번 매일 카페(동아리)에 한 줄이라도 글을 쓰자.

2번 진정한 마음으로 쓰자.

3번 기록이 남는 것임을 기억하자.

무엇을 이루려면 약간의 용기가 필요하다. 그 약간의 용기가 생기지 않아 목적을 이루지 못하고 포기하는 경우가 많다. 무언가를 이루고 싶었을 때 용기가 없었다. 자신에게 할 수 없다는 울타리를 만들어 나아가지 못하게 했다. 인간에게는 누구나 반드시 한 가지 이상의 재능은 다 있다. 다만 본인 스스로 모르거나 가볍게 여기거나 한다. 특별한 재능이나 감정적 재능이나 기술적 재능이나 등등 모든 것이 달란트이다. 꿈을 이루고자 할 때 필요한 약간의 용기가 쉽지만은 않다. 그 약간의 용기란 갇혀 있던 곳의 문을 열고 한 발자국 나와보는 것이다.

그 용기를 낸 저자를 발견했다. 김진수의 『평범한 일상은 어떻게 글이 되는가?』를 읽으면서 작가의 매일의 기록이 용기였다. 책에서 찾아낸 것은 뭐라고 할까? 확증? 확정? 확신? 같은 것이다. 32살의 초등학교 교사(김진수 작가)가 우연히 이지성의 『독서의 천재가 된 홍 대리』를 읽고 난 후 독서법에 관련된 책을 읽었다고 한다. 김진수 작가는 자기계발서를 읽고 아주 사소한 습관의 힘을 발견했다고 한다. 다음에는 미라클 모닝을 실천하며 읽은 만큼 블로그에 독서 기록을 남겼다고 한다. 그로부터 5년 만에 몇 권의 책을 내고 강의를 하게 되고 자신이 발전했다는 이야기다. 이 책을 통해 확신이 선다고나 해야 하나? 나와 비슷한 절차를 밟고 간 이 초등교사의 경험담이 신기했다.

3년 전 책 속에 책을 읽다가 독서법에 관련된 저자들의 책을 스트레이트로 18권쯤 읽었다. 그 후에 1년에 300권을 도전해 봤지만 300권은 무리였고 116권을 읽었다. 그런데 이 초등학교 교사도 1년 독서 목표치가 100권이다.

수년 전 친구네 집에서 빌려 왔던 이지성의 『꿈꾸는 다락방』을 읽고 자기계발서도 꾸준히 읽었다. 다이어리에 매년 목표나 꿈, 하고 싶은 일을 적어두고 이루어질 때마다 날짜를 적었다. 다 이루지는 못했지만 제법 이루어진 일들이 많았다. 금방 결과가 일어나는 일도 있었고 수년 뒤에 결과가 나타나는 일도 있었다.

김진수의 『평범한 일상은 어떻게 글이 되는가?』 책은 2020년에 출간된 책이고 그가 책을 읽고, 쓰는 인간이 된 지 10년이 된다고 한다.

보통 블로그에 글을 매일 올리며 결과가 나타나기 시작한 것이 600일이 지난 후부터라고 한다. 그러니 오늘의 나의 글쓰기는 361일째다. 내년 하반기에는 뭐가 좋은 결과가 나타 날지? 아니며 성과가 드러날지? 뭔가 보일 거라는 추측이다. 감사하게도 꿈이나 목표했던 일들이 이루어진 적이 참 많다. 자녀들도 주변인들도 "어쩜 너는 말하는 대로 되어 가니."라고 하는 말을 종종 들었다.

대단한 인기를 끌거나 유명한 강사는 아닐지라도 나름 지역 문화 센터에서 인기 강사 자리를 유지하고 있다고 자부한다. 요리책을 내고 싶다고 꿈을 꾸고 준비했더니 3년 후에 『엄마가 챙겨주는 청소년의 아침 식사』를 출간하고 4쇄를 찍었다. 대학원의 문예창작학과를 꿈꾸었는데 입학을 하고 졸업을 했다. 꿈은 이루어졌다. 무엇이든지 어쩜 일정한 숙련 기간을 거쳐야만(일명 만 시간의 법칙) 열매가 맺어지는 것이 아닌가? 앞으로도 목표했던 꿈들이 이루어지길 소망하고 있다. 분명 그 꿈들이 이루어지기 위해서는 매일 꿈을 향하여 나만의 루틴이 형성되어야만 한다. 그 꿈은 읽고 쓰는 여행으로 이루어진다. 가까이 책을 옆에 두고 읽고 매일 기록을 한다면 꿈에 그리던 일들이 반드시 이루어질 것이다.

02

재능은 누구나 있다

유아 언어 문학교육 세미나가 있었다. 대학원 들어와서 세미나를 여러 번 온라인으로 참석을 하지만 이리 놀라운 출석률은 처음이다. 세미나로 출석 체크를 대체한다고 하니 꼭 들어야 한했다. 놀라운 것은 출석률 100%이었다. 앞으로 기말고사에서 다룰 그림책 이야기와 중간고사에서 과제로 냈던 유아 언어 상호작용에 관한 이야기를 교수님이 해주셨다. 70분의 세미나를 마치고 잠이 들었다가 제주에 있는 동기와 통화를 했다. 동기는 졸업 후에 뭘 할 것인지를 물었다. 사실 생각을 조금씩 하고는 있다. 대학원에 온 목적이 그저 공부만 하려던 것은 아니었다. 기존의 나의 직업은 요리 전문 강사이다. 현재의 직업에 나의 또 다른 애매한 재능이 합쳐져 새로운 직업의 전환을 꿈꾸어 본다.

직업의 전환을 고민하던 차에 윤상훈의 『애매한 재능이 무기가 되는 순간』을 읽게 되었다. 윤상훈 작가는 공고를 졸업해서 지방대 경영학과를 졸업한 후 평범한 직장인이 되었다고 한다. 미술에 관한 배경도, 재능도 전혀 없었는데, 대학교 3학년 때 우연히 미술관에서 설치작품을 본 후 자신도 멋진 작품을 전시하고 싶다는 막연한 생각을 품었다고 한다.

윤상훈의 『애매한 재능이 무기가 되는 순간』에서 핵심적인 것은 평범하고 보잘것없어 보이는 재능, 분야, 관심 등에 사람들이 반응하고 궁금해하는 것을 콘텐츠화하는 것이라고 한다. 애매한 재능으로 미술 설치 작가가 되었던 것은 책에서 소개하듯이 다른 사람보다는 조금 더 잘 알았고, 작지만 흥미를 느꼈던 것이라고 한다. 핵심은 '전문화'가 아니라 '최초화'라고 작가는 말한다.

그렇다면 나는 무엇을 하고 싶은지?(나만의 키워드)

그중에 어떤 걸 더 잘할 수 있는지?(세부 사항)

어떤 식으로 전달할지?(구성 방향)

나에게 해당하는 키워드는 무엇이 있을까? 고민을 해보았다. 공부한 것을 그야말로 써먹고 싶었다. 그중에 제일 좋아하는 것이 무엇일까? 생각해 보니 현재 강의를 하고 있다. 직업상 가르치는 것을 좋아하고 글쓰기에 대한 기분 내는 것을 좋아한다. 800일 동안 매일 글쓰기를 지금까지 하고 있다. 이 또한 애매한 재능이 있다고 볼 수 있지 않은가?

문예창작콘텐츠학과에서보다 타 학과 과목을 들으면서 도리어 강좌를 만들 수 있겠다는 생각이 들었다. 유아 언어 문학교육 과목을 통해 그림책에 관련된 커리큘럼을 만들어 문화센터에서 강좌를 하나 만들고 싶어졌다. 또 하나는 졸업 전이 될지 후가 될지는 모르지만, 나만의 책을 한 권 출판하고 싶다고 생각했다. 요리 강사이다 보니 브런치(식사)와 글쓰기를 합쳐 강좌를 하나 만들고 싶은 생각도 가져보았다. 윤상훈의 『애매한 재능이 무기가 되는 순간』을 읽고 나서 작가가 이루어 낸 일들을 보면서 '뭐야-잘 났어!' 그런 생각이 들었다가 작가에게 설득이 된 것이다.

앞서 말했듯이 애매한 재능 중 하나가 바로 기획을 하고 커리큘럼을 만들어 강의를 하는 것이다. 그 강의를 위해 결국엔 글을 쓴다. 그러니 책을 읽든 강의를 준비하든 기획을 하든 마케팅을 하든 결국엔 글을 써야 한다는 것이다. 더군다나 지금도 윤상훈의 『애매한 재능이 무기가 되는 순간』에 관한 이야기를 글로 쓰고 있지 않은가!

매일 매일 써보면 달라진다.
진정한 읽기는 쓰기의 여행으로 도착한다.

그래, 내가 시도도 해보지 않았던 것은 완벽하지 않은 것에 대해 스스로 용납하지 못함이었다는 것을 깨닫게 되었다. 저자는 독자에게 부추긴다. '뭐든 해보라고 안 되면 말고.'라고 말한다. 다 갖춰져야 한다는 생각에 뭐든 미루었다. 할 수 없다고만 생각했는데 생각해보면 대학원에서 공부한 것을 바탕으로 할 수 있는 것이 많이 있다는 것이다. 누구나 완벽을 꿈꾸지만 완벽해지기 위해 나아가는 것이다. 소망하는 강좌들에 대한 커리큘럼을 짜고 자료를 준비해서 강의 계획서를 만들어봐야겠다. 매일매일 써보면 달라진다. 진정한 읽기는 쓰기의 여행으로 도착한다.

03

카페에서 공부하는 사람

'하얀 소음'이라는 단어를 알게 된 것이 신문 기사를 통해서다. 사람들이 적당한 소음 공간에서 공부가 더 잘 된다는 것이다. 학생이든 직장이든 몰입을 위해 도서관보다 카페를 찾아다니는 이들이 많을 것이다. 실제로도 카페에서 공부하는 이들을 흔히 볼 수 있다. 나 또한 대학원 시절 시험을 앞두거나 과제를 하기 위해 집이라는 공간을 두고도 집 근처 카페를 찾아 헤매고 다닌 적이 종종 있었다. 카페에서 공부하는 이유는 집에서는 학생의 역할보다는 가족의 인원으로 해야 할 일들이 눈앞에 보이기 때문이다. 그뿐이랴 보는 이들이 없으니 딴짓을 할 거리가 널린 게 '집'이라는 공간이기도 하다. 그래서 서재를 두는 집도 있는가 보다. 사람마다 학업의 과정이나 공부에 대한 관점이 다 다를 것이다. 정규 학업 과정 말고도 찾아서 하는 많은 공부도 있으니 말이다.

아마도 나의 공부는 부족함에서 온 것 같다. 4남매 중에 셋째로 태어났다. 유일하게 형제 중에 유치원을 졸업하지 못했다. 그 옛날에 나의 형제들은 국립유치원을 나왔다. 기억이 나는 것은 남동생이 다니는 유치원에 엄마가 간식 당번일 때가 있었다. 간식으로 핫도그를 갖다 주러 따라간 기억이 첫 번째이다. 두 번째는 연말에 학예 발표회가 아니었을까 싶다. 그토록 부러워 떼를 쓴 기억으로 '왜 나만 유치원'을 못 갔는지 물었다.

"음, 그것은 우리 막내딸이 똑똑해서 안 보냈어."

그 말을 오로지 믿었다. '형제들 가운데 제일 똑똑해서 유치원을 보내지 않았다니.' 따라서 자존감도 높아졌다. 나중에서야 알게 되었다. 형제들이 졸업한 국립유치원은 추첨제였다고 한다. 내가 입학할 당시 추첨에서 떨어졌다. 유치원이 무슨 명문대학도 아님에도 불구하고 그 이후로 상실감은 컸다. 유치원 이야기만 나오면 유독 피하고 싶었다.

그뿐만 아니라 뒤늦은 학업의 연속이었다. 대학도 유학도 또래 시기보다

늦었다. 어려서 꿈이 하나 더 있었다. 바로 문예창작을 전공하고 싶었다. 그 꿈을 간직하고 있다가 뒤늦게 대학원 모집 요강을 보고 지원을 했다. 한국 방송 통신 대학원이었다. 면접을 볼 때 교수님께 '학교를 빛내겠습니다.' 라고 어필을 했다. 합격이라는 통지를 받았다.

시간이 흘러 대학원 졸업을 앞두고 출판에 목적이 있었던 나로서는 무엇을 책으로 엮어볼 것인가? 고민하던 차에 대학원에서 공부가 나름 재미있었다. 자발적인 학습이었고 초등학교 때 꿈을 이룬 학과이기도 하다. 그러다가 문득 그럼 대학원을 꼭 20대가 아니라 내가 공부하고 싶었던 시간에 해냈음을 책으로 내면 좋겠다고 생각을 해냈다. 그런데 우연히 인스타그램 광고에 『카페에서 공부하는 할머니』라는 책이 에세이 부문 베스트셀러라고 떡하니 내 눈에 들어와버렸다. 궁금해서 우선 교보문고에 들어가 작가 프로필과 목차를 찾아보았다.

심혜경 작가는 서울시 공공도서관 사서로 27년간 근무를 했다고 한다. 당연히 책을 가까이 하는 분이고 그와 관련된 지인들이 많았다. 이미 쓴 책들도 많았고 번역가로도 활동 중이라고 한다.

'아– 벌써 이러한 주제로 출판을 한 작가가 있다니….'

더군다나 학위가 4개라는 말에 기가 죽었다. 도서관에 예약을 걸었는데 연락이 왔다. 집에 돌아와서 소파에 앉아 세세하게 책을 이리 보고 저리 보았다. 출판사는 도서출판 길벗 계열사 더 퀘스트였다. 부제가 마음에 든다.

인생이라는 장거리 레이스를 완주하기 위한 매일의 기록을 한다는 것이다. 그렇다. 저자의 글을 보니 글쓰기 카페에 동기들처럼 하루도 빠지지 않고 쓰고 있었다. 저자와 함께하는 이들도 책과 관련된 일을 하다 보니 저자의 공부 취미를 책으로 내보자고 독려한 것 같다. 저자 자체가 뭔가 배우기를 끔찍하게 좋아하고 그것이 꼭 성공하지 않아도 중간에 그만두더라도 후회를 하지 않는 성격인 듯싶었다. 『카페에서 공부하는 할머니』에서 저자는

"무엇인가를 시작하고 그만둬도 괜찮아요. 그 일이 쉽지 않다는 것을 안 것만으로도 충분하거든요. 꾸준히 뭔가를 해야 한다는 생각이나 열심히 하겠다는 생각도 부질없거든요."라고 말한다.

아마도 편하게 배우다 보면 나에게 맞는 것을 발견하고 배워두면 이래저래 쓸모 있다는 이야기로 들렸다. 쉽게 읽어 내려갈 만한 저자만의 인생 공부 이야기였다.

자녀에게 하는 말이 잔소리가 되지 않길 바라는 마음이 가득하다. 하지만 아이들은 엄마가 하는 말을 잔소리로 들을 때가 많다. 결국에는 몸으로 보여 주는 것이 가장 효과적이라는 진리를 세상 살아가면서 공부해가면서 배운다. 심혜경의 『카페에서 공부하는 할머니』 책의 뒤표지에 글귀가 큰 공감이 갔다. 좋아해서 하는 마음이 제일인 듯싶다. 가랑비에 옷이 젖듯 뭐든 배운다는 것이다. 인생을 처음 살아가는 '모두에게'라는 말을 건네고 싶다.

나도 태어나서 10대가 처음이고 학생일 때가 처음이고 20대가 처음이고 직장인이 처음이고, 부모 역할이 처음이고 앞으로 남은 인생도 다 처음일 것이다.

그 처음을 좋아하는 공부로 가랑비에 옷이 젖듯 배우면 무엇이든 언젠가는 쓰임이 있다고 딸 아이에게 말해주었다.

매일매일의 기록

매일매일의 독서

매일매일의 생각이

분명 나를 성장하게 하는 동력이 될 거라는 믿음이다.

04

기록하며 소망하다

책을 출판하기까지 많은 이들이 협력한다. 제일 먼저는 작가의 진정성 넘치는 콘텐츠일 것이다. 좋은 책도 혼자서는 만들기가 어렵다. 도와줘야 하는 이들이 필요하다. 자가 출판일지라도 책을 인쇄하는 업체가 필요하다. 몇 년 전에 요리책을 출판했다. 『엄마가 챙겨주는 청소년의 아침 식사』라는 책이다. 나의 직업은 문화센터에서 요리를 가르치는 전문 강사이다.

경기도 교육청에서 학생들이 아침 식사를 거르고 등교하는 숫자가 많았다. 아침밥을 잘 먹고 오라는 목적으로 9시 등교를 시작했다. 그에 맞추어 아침 식사를 20분 이내 냉장고 속 재료로 조리해서 엄마도 편하고 아이도 맛있게 집밥을 먹게 하자는 목적으로 책을 출판하게 되었다.

레시피만 있으면 요리책이 한 권 뚝딱 나오는 것이 아니었다. 물론 요리책의 가장 기본인 레시피가 제일 중요하다. 이 레시피 또한 테스트를 수없이 해야 한다. 테스트를 해서 기록으로 남겨 두었기 때문에 요리책이 될 수 있었다. 그다음에는 한 권의 책이 만들어지기까지의 많은 사람의 손이 준비되어야 한다. 책표지를 준비하는 디자이너부터 요리 완성한 사진 과정 샷 사진을 찍어야 하기에 사진작가, 테스트 키친 헬퍼, 그릇에 담아내기 위한 푸드 스타일리스트 등 전문가의 손길이 필요하고 인쇄소부터 유통하는 문고까지 긴긴 여정이 걸린다.

책을 출판하자는 제의를 받았을 때 참으로 기분이 오묘했다. 떨리기도 하고 기쁘기도 하고 걱정도 앞서고 해낼 수 있을까? 까지 복합적인 감정이 뒤섞여 한번에 예스하기가 어려울 정도였다. 편집자님의 권유와 설득으로 용기를 내어 첫 요리책을 출판하고 한 달 만에 증쇄를 찍는 소식은 저자와 편집자 그리고 출판사 모두에게 행복한 소식이다.

출판 이후 책에 대한 애정도가 높아졌다. 독자들이 좋아해주니 더욱 감사했다. 요리책뿐만 아니라 에세이를 쓰고 싶은 마음에 읽게 된 책이 바로 이연실의 『에세이 쓰는 법』이다. 통상적으로 에세이를 잘 쓰는 지침서라고 생각했다. 막상 읽어보니 편집자가 책을 출판하는 이야기를 담고 있었다.

이연실 작가는 책을 출판할 당시 문학동네 편집자이었다. 지금은 이야기장수 대표로 책을 만든다. 이 책을 알게 된 것은 하정우 배우의 『걷는 사람, 하정우』를 검색하다가 이연실이라는 이름이 연관어로 떴다. 출판사 문학동네에서 다양한 장르의 책을 많이 히트시킨 15년 베테랑 편집자이다.

이연실의 『에세이 쓰는 법』을 읽으면서 나의 요리책 『엄마가 챙겨주는 청소년의 아침 식사』를 만들 때 만났던 출판사 대표님, 에디터님 그리고 편집주간님, 디자이너님 그리고 포토 그래퍼 실장님, 푸드스타일리스트 실장님이 생각이 났다.

베스트셀러를 작정하고 책을 만드는 사람들과 함께 했던 시간이 천천히 스쳐 지나가듯 생각이 났다. 제목부터 표지 디자인 그리고 프롤로그, 그릇 세팅 등등 여러 번 검토하고 음식 사진을 촬영할 때 빛을 어떻게 사용할 것인지 등등 3개월 동안 작업하고 교정하기까지 많은 이들이 책 한 권을 위해 애썼다.

이연실 편집자는 책이 선정되면 작가와 자주 만나고 밥도 먹고 많은 이야기를 나누면서 책의 제목이나 방향, 책의 띠지 서평 등을 생각한다고 했다. 이연실 작가는 책에서 편집자의 재미와 특권을 이렇게 언급했다.

"에세이의 타깃 독자는 대중이고 편집자는 미지의 독자에게 이 책은 당신에게 흥미를 유발시키는 무엇인가 있다고 알리는 역할을 하는 사람이죠. 책의 무한한 가능성과 더 많은 독자를 상상하는 것이 편집자의 특권이죠."

작가와 일상을 보며 같이 이야기를 나누어야 가장 좋은 제목부터 나온다고 했다. 이연실 편집장은 일 이야기를 풀어내며 작가가 된 셈이다.

책을 읽다 보면 독자들의 마음을 편집자가 꽤 잘 알고 있다. 글쓰기 역시 책과 뗄 수 없는 관계이다. 독서 후에 생각이 뇌에 자리를 잡고 나면 기억으로는 오래가지 못한다. 반드시 문자화 해서 남겨야 언제가 나만의 특별한 기록이자 역사가 되기도 하고 콘텐츠가 되어 책으로도 세상에 나올 수 있다는 결론이다.

이연실의 『에세이 쓰는 법』을 읽으면서 바람이 하나 생겼다. 이연실 편집자를 만나고 싶다는 바람이다. 이런 편집자라면 평범한 사람의 글도 왠지 특별해질 듯싶어서다. 편집자 이연실 작가도 평범한 사람들의 글을 찾는다고 했다. 언젠가 좋은 편집자를 만날 수 있길 그런 날이 오길 소망한다.

05

나만의 글쓰기 스타일은 '습관'

나만의 글쓰기 스타일은 뭘까? 내게도 글쓰기 스타일이 있나? 고민을 해 본 적이 없다. 그냥 목적이 있는 글쓰기를 써본 적은 없었다. 그냥 일상생활 속에서 일기를 쓰거나 책을 읽고 난 후 독후감 정도 그리고 대학원을 다니면서 썼던 소논문 정도였다.

아– 그러고 보니 일상에서 글쓰기 중 가장 많이 쓴 것이 블로그다. 처음 포털 사이트에 블로그가 생기고 나서 사진과 함께 정보성 글을 쓴 것이 가장 많았다.

그로 인해 업체 패널기자를 해보았다. 물론 전문기자가 아닌 순수 패널기자이었으니 대단한 문장을 쓴 것도 아니다. 패널기자를 하는 바람에 꾸준히 글을 쓰는 일에 거부감이 없었던 것은 아닐까? 나만의 글쓰기가 창작은 아니지만 조금씩 글쓰기에 대한 두려움은 없어졌다. 또 하나의 글쓰기 습관은 대학원을 입학 후 동기들과 만드는 책 쓰는 글쓰기 카페 동아리에서 매일 글을 쓰면서 800일이 넘었다. 매일 쓰는 습관이 글을 쓰는 두려움에서 벗어나게 하고 글감이 나를 찾아오는 기쁨을 누렸다. 이제는 책 한 권을 읽더라도 한 줄 쓰기든 세 줄 쓰기든 읽고 난 후의 감상평이라도 쓰게 된다는 것이다. 책 속에 좋은 문장을 간직하는 방법은 기억이 아니라 바로 기록이다. 글쓰기를 함으로 기억하기가 더 수월하다. 글쓰기도 습관이다. 습관은 길을 만드는 것이다.

장석주의 『글쓰기는 스타일이다』에서는 맥락 독서법과 글쓰기의 습관을 말한다.

맥락 독서법이란?

책과 책 사이의 연결고리, 지식의 체계일 수도 있고, 정서의 일관된 흐름일 수도 있다고 한다.

맥락의 독서는 보다 높은 차원의 책 읽기 방법으로 두서없이 아무 책이

나 읽는 게 아니라 이 책과 저 책의 연관성 아래 책을 읽는 것을 뜻한다고 한다.

우리나라에서 김현 작가가 맥락 독서법의 대가라고 했다. 맥락 독서법은 문학 평론가 홍정선이 명명했다고 한다.

꼬리에 꼬리를 무는 책들은 상호관련성을 깊게 만든다는 생각이다. 글을 쓰기 전에 먼저 다양한 맥락으로 책을 읽어야 하는 까닭은 여기에 있다고 한다. 이 맥락 독서법은 대학원에서 전공으로 읽는 참고문헌들이나 논문이 아닐까 싶다. 이미 맥락 독서법을 하고 있다는 생각이 들었다.

장석주의 『글쓰기는 스타일이다』에서 알려주는 글쓰기 습관은 손을 계속 움직이고 글쓰기를 끌어내는 능력과 쉽게 포기하지 않는 것, 마음 가는 대로 쓰는 것이라고 한다. 다음에는 보다 더 구체적으로 쓰고 지나치게 생각하지 말라고 한다. 구두점과 문법은 나중에 생각하고 최악의 쓰레기라도 쓸 자유가 있다고 한다.

날마다 글을 쓴다는 의미는 책상에 앉아 정해진 시간에 정해진 분량을 써 내려가는 것이 본연의 힘이라고 했다. 가장 중요한 것이 핑계이다. 핑계는 계속 이어지기 때문에 나와 약속한 시간에 글을 쓰는 것이 습관이 되어야 한다는 말이다. 특히 일기는 '나와의 대면의 시간'이라는 문장에 공감이 간다. 제일 쉽게 접근하고 나를 돌아보며 마음 가는 대로 쓰는 글이다. 일기를 매일 쓰면 그것도 글쓰기에 대한 습관이 될 테니까!

일상에서 글감이 찾아오고 글쓰기가 일상이 되는 삶을 통해 장석주 작가가 깨달은 것은 '마음에서 우러나오는 것을 나답게 표현하는 것'이 좋은 글이라고 한다. 즉, 글쓰기는 재능이나 소질의 문제가 아니라 누구나 자신이 살아온 만큼 글을 쓸 수 있다는 뜻이다. 장 석주의 『글쓰기는 스타일이다』를 읽으면서 감사한 것은 전공을 통해 읽었던 작가들의 이름이 낯설지 않았다. 아마도 책을 읽은 효과라는 생각이다. 책 읽기는 운명을 바꿀 수 있다고 장석주 작가는 확신한다고 했다. 책은 읽으면 읽을수록 뇌는 책 읽기에 더욱 잘 적응하게 되고 마침내 책 읽기에 최적화된 프로세스를 구축하게 된다고 한다. 지금 대학원 재학 중 공부할 수 있고 늘 책을 읽을 수 있고 습관처럼 글쓰기를 할 수 있다는 것이 감사했다.

꿈을 꾸면 이루어진다는 말이 있다. 인생을 살면서 안 된다는 생각보다는 도전하고 실천함으로 꿈은 이루어진다. 몰랐던 것을 알고 아는 만큼 보이는 시간을 경험한다는 것이 바로 독서다. 독서 후 글쓰기는 내가 읽은 책에 대한 기억의 확신으로 인도한다는 것이다.

장석주 작가도 읽기와 쓰기는 분리할 수 없다고 했다. 독서 후 나만의 문체로 내가 아는 것이 아닌 내가 읽고 난 후 나를 글로 보여 주는 것이 가장 현명한 나만의 글쓰기 스타일일 것이다.

06

매일 쓰면 글감이 나에게 온다

처음에는 나도 작가가 되려나? 재능이 있나? 하는 생각을 든 것은 백일장에서다. 제출한 원고가 상을 받았다. 초등학교 4학년 5월 어린이날 기념으로 백일장을 열었던 기억이다. 방정환 선생님에 대한 고마움을 쓴 글이었다. 처음으로 백일장에서 상을 받았다. 어린 마음에 얼마나 좋은지 상장을 받자마자 집에 뛰어갔던 추억이 있다. 학교에서 교내백일장에 수상한 아이들을 모아 교외 백일장 대회를 나간다고 했다. 방과 후에 선생님의 지도 아래 4-6학년이 모두 모여 글쓰기를 배웠다. 대회는 지금도 이어지고 있는 한국 야쿠르트에서 주최하는 어린이 글짓기 대회였는데 수상을 하지 못했다. 하지만 어린 마음이라도 작가의 꿈을 꾸었던 것 같다.

그렇게 시간이 흘러 중학교를 입학했다. 1학년부터 3학년까지 교내백일장에서 상을 계속 받았다. 작가라는 꿈이 마음속 어딘가에 굳어졌다.

사춘기 때 감성이 가득한 소녀는 문학을 대부분 꿈꾸지 않는가? 시간이 흘러 고등학교 때는 입시 위주로 참고서만 읽었다. 그렇게 시간이 흘러도 여전히 마음속엔 작가가 되고 싶었다. 성인이 되어서도 꿈을 버리지 못하는 주변인으로 살아갔다.

공모전을 틈틈이 엿보다가 모 신문사에서 주최하는 일상생활 에세이에 원고를 제출했다. 유명한 국내 브랜드 화장품회사와 모 신문사에서 주관하는 그 공모전에서 상을 받게 되었다. 수상 이후 계속 글을 쓰면 좋았을 텐데 현실은 그렇지 못했다. 사실 구체적으로 작가가 어떻게 되는지 알지도 못했다. 그저 이룰 수 없는 꿈이라고 생각하고 접었다.

결혼 후에는 좋아하고 잘하는 요리에 집중적으로 훈련을 받고 요리 강사가 되었다. 마음 어딘가에는 작가라는 꿈은 남아 있었던 것 같다. 틈틈이 책을 읽긴 했지만 가장 많이 읽은 것은 요리책뿐이었다. 요리 강사 일을 하면서도 사실 작가의 꿈은 버리지 못했다.

지인의 소개로 도서관에서 개설한 글쓰기 수업을 짧게 받았다. 『나에게 주는 선물』의 저자 홍미숙 선생님께 수업을 들었다. 글감에 대해 많은 말씀을 주셨는데 이해가 되지도 않았고 와닿지도 않았다.

"여러분 글을 매일 쓰세요. 매일 쓰면 글감이 나에게 옵니다."라고 말씀해주셨던 것이 인상적이었다. 그때 마음속에서 들리는 말은

'글감이 내게 와서 말을 걸어?'

'도대체 글감이 어떻게 내게 와서 말을 걸지?

그렇게 시간이 지나 책을 읽고, 서평을 쓰게 되었다. 대학원에서 공부도 하고 동아리에서 매일 글을 쓰다 보니 이제는 그때 홍미숙 선생님의 말씀을 잘 알게 되었다.

대학원에 입학 후 결성된 매일 글쓰기 동아리를 통해 1년을 넘게 쓰다 보니 정말 글감이 나를 찾아왔다. 지금은 2년을 넘어 800일이 넘게 글을 쓰고 있다.

그러던 어느 날 독서 중 책 속에 책으로 소개된 나탈리 골드버그의 『뼛속까지 내려가서 써라』가 나에게 말을 걸었다.

"읽어주세요."

제목을 보니 호기심이 생겨 도서관에서 책을 찾아 읽어보았다. 나탈리 골드버그가 하는 말은 정말 단순한 진리였다. '그냥 써 내려가라.'라는 말

이다. 누군가의 평가도 필요 없고 나 자신을 끝까지 파고 들어가 오직 매일 쓰는 것이라고 저자는 말한다. 신기하게도 저자의 에너지 있는 설득이 느껴졌다. 나탈리 골드버그의 『뼛속까지 내려가서 써라』를 읽고 나서 '단순한 진리'라는 제목으로 글쓰기 카페에 글을 올렸다.

진리는 단순하다는 명확한 생각이 들었다. 진심이 닿는 글은 당연하게 독자가 알고 있다.

요리 레시피도 심플한 재료가 맛있다. 음식 섭취할 때도 감사하게 적당하게 취하면 몸에 좋다. 글을 잘 쓰고 싶다면 많이 읽고 많이 생각하고 많이 쓰면 된다.

건강을 원하면 꾸준히 운동하면 된다. 글쓰기 강의나 작가의 수업에서도 늘 하는 말은 진정성이다. 역시 진리는 단순한데 그것을 어떻게든 다른 방법으로 모색하려고 하니 멀리 돌아가는 것 같다. 단순한 진리가 오래 걸려도 무작정 가면 된다는 결론이 마음에 자리를 잡는다.

나탈리 골드버그의 『뼛속까지 내려가서 써라』는 쓰기에 대한 확신을 단순하게 증명해준 책이었다.

일상생활 속에서 글을 쓴다는 것은 꼭 작가가 되기 위함보다는 자신의 치유를 위해서 더욱 좋다. 일기는 속상했던 일이든, 즐거웠던 일이든 쓰고 싶은 것을 그냥 쓰면 된다. 기억은 오래가지도 않거니와 내 편에서 유리하게 기억을 한다. 기억은 변질도 될 수 있다. 글쓰기에 가장 기본인 일기는 나를 보듬어 가거나 충분한 위로를 받을 수 있는 기록이다.

책을 읽든 글을 쓰든 많이 읽고 많이 생각하고 매일 써봐야 실력이 자란다. 생활의 달인처럼 시간의 철저한 투자가 필요하다. 혹여 작가를 꿈꾼다면 체력뿐만 아니라 지구력 일명 그릿(grit)이 필요하다. 글쓰기는 엉덩이가 무거워야 한다. 일주일에 하루 3시간을 글쓰기에 몰입하고 싶다. 몰입의 시간이 필요한 이유는 작가를 꿈꾸기 때문이다.

A4용지 2-3장을 써 내려가는 시간은 보통 3시간 정도 소요된다고 한다. 물론 사람마다 차이는 있다. 그것이 책을 출판하는데 한 꼭지 분량이 된다. 보통 한 권의 책이 나오려면 40꼭지 분량이 되어야 한다. 매일 3시간씩 40일이면 책이 될 수 있다. 매일 쓰면 글감이 오니 시작해보자. 나도 작가가 될 수 있다.

07

나의 기록은 모두 특별해

'마케터'라는 직업도 글쓰기가 기본이란다. 이승희의 『기록의 쓸모』에 목요일의 글쓰기를 보니 혼자서가 아니라 같이 모여 3시간 동안 공유 사무실에 모여서 글을 쓴다고 한다. 평가는 안하고 칭찬의 댓글을 단다고 한다. 3명이 모여 시작했는데 이젠 12명이 같이 참여를 한다고 했다. 혼자 쓸 수 없어 같이 모여 글을 쓰다 보니 긴 글을 쓰게 되었다고 한다.

대학원 글쓰기 카페 동아리 통해 나 또한 800일째 매일 글쓰기를 하고 있다. 매일 글쓰기의 습관은 작심 3일로부터 시작하면 된다. 혼자 가는 것보다는 같이 가는 것이 좋다. 내 평생에 매일 글쓰기가 가능해졌다. 놀라운 일이다. 이젠 긴 글을 써보는 자세를 습관으로 해가는 시간을 가져보도록 노력 중이다.

이승희의 『기록의 쓸모』에서 기록의 정의는 그냥 기록인데 자신을 객관적으로 보게 하고 시간을 더 효용성 있게 사용하며 관리하게 해 준다고 말한다. 기록함으로 삶이 더 풍요롭다고 한다.

일상을 살아가는 데 기억에는 한계가 있다. 나의 기억이 정확하지 않을 때가 있다. 기억을 오랫동안 하기 위해서나 생각을 하면서 살아가는 삶을 살기 위해서는 기록만이 답이다.

아무 생각 없이 시간에 나를 맡기며 사는 삶보다는 기록을 통한 생각하는 삶이 더 멋진 일생이 될 테니 말이다.

그렇다면 기록을 하고 싶어질 때 내게 질문할 것이 무엇일까? 이승희의 『기록의 쓸모』에서 왜 쓰고 싶었는지 기억하고 우선 그 이유부터 적어보라고 한다.

다음엔 어디에 어떤 도구로 써야 할지 생각해보라고 한다. 도구를 정하는 것은 쓸 맛이 나야 하기 때문이라고 말한다.

어디에 어떤 도구로 써야 할지 생각해보라고 했는데? 나는 기록을 할 때 노트북을 쓰거나 핸드폰에 미니 자판기를 이용한다. 사람마다 취향이 다를 것이다. 노트에 펜을 쓰는 사람도 있을 것이고 원고지에 연필을 사용하는 사람도 있을 것이다. 그러고 보면 첫 습관이 중요하다. 이승희의 『기록의 쓸모』를 통해서 나는 2가지 키워드와 1가지의 실천을 배웠다.

'기록'과 '쓸 맛' 그리고 '3시간의 글쓰기'이다.

나만의 독(讀)한 여행을 통해서 책이 끌어당기는 힘과 꼬리에 꼬리는 무는 독서 여행의 맛을 쓰기로까지 이어졌다.

처음에는 내가 책을 선택하지만 즐거운 책 읽기의 몰입은 다시 나를 무한한 독서의 여행지로 이끌어간다. 그 여행지에서 만나는 수많은 작가는 국내뿐만 아니라 내가 가보지 못한 나라의 작가들이다. 그들을 이토록 쉽게 만날 방법이 바로 독서다.

독서를 할 때 마음에 쏙 들 때도 있지만 선택한 책이 때론 나를 거부하기도 한다. 나와 책이 서로 연결되지 않을 때는 과감하게 헤어져야 한다. 서로가 성숙해질 때 다시 만나기도 한다.

선택한 책을 끝까지 완독하려고 하는 버릇이 있었는데 결과적으로 책으로부터 친밀감이 떨어졌다. 그래서 아니다 싶은 책은 잠시 접어두거나 더 마음이 끌리는 책부터 읽는다. 집 안 곳곳에 책을 두는 편이다. 한 권만 읽지 않는다. 보통 4–5권 정도 동시에 읽는다. 나의 책상에서 읽거나 부엌에서 읽거나 화장실에서도 읽는다. 그러다 보면 한 달 동안 충분히 4-5권 책을 무난하게 읽어 내려간다.

책을 통해 작가의 찾아낸 경험치나 아이디어를 얻어 또 다른 기록을 하는 것은 바로 독자의 몫이다. 그 몫이 바로 독서 여행의 선물이다. 오늘도 독서를 통해 이승희의 『기록의 쓸모』에서 기록의 중요성을 알게 되었으니 꽤나 괜찮은 독(讀)한 여행이었다.

기억을 오랫동안 하기 위해서나
생각을 하면서 살아가는 삶을 살기 위해서는 기록만이 답이다.

08

책 이게 뭐라고 쓰고 싶을까?

독자로서 책을 읽기 시작하고 책을 통해 지식도 얻고 책이 주는 기쁨과 힘을 알게 되었다. 긴 시간을 통해 경험하고 배운 작가의 다양한 노하우가 담겨 있는 책은 독자에게 전달되기까지 많은 고통을 통과해야만 했을 것이다. 그 고통을 통해서라도 누군가에게 선한 영향력을 줄 수 있는 작가가 되고 싶었을 것이다. 고통이 따를지라도 나만의 이야기를 책으로 담고 싶었다. 나도 누군가에게 선한 영향력을 끼치는 사람이 되고 싶었다. 소망하고 준비하다

보면 기회는 주어진다. 집중적으로 1년 동안 독서를 했다. 1년 독서 후 우연히 보게 된 대학원 모집 요강을 보고 입학을 하게 되었다. 독서의 시간을 여행처럼 생각하고 꾸준히 읽었다. 입학 후에는 대학원 글쓰기 카페 동아리에서 800일이 넘게 매일 매일 글을 썼다. 그뿐일까? 책 쓰기에 관련된 독서 활동도 하고 있다. 희곡을 읽는 낭독 모임도 하면서 고전 희곡을 읽고 있다.

쓰기 위해 많은 작법서를 읽어보지만 답을 찾기가 쉽지 않았다. 이유는 직접 체험을 해보지 않았기 때문이다. 그나마 찾은 정답이라곤 무조건 써본다는 것이다. 쓰지도 않고 고민만 하는 것은 옳지 않다.

하루에 1-2시간만이라도 컴퓨터 앞에 앉아 A4용지 1-2장 정도로 글을 1년 쓰면 300쪽이 넘는다고 한다. 단행본 하나가 완성되고 2-3년 앉아 쓰면 소설 한 권 분량인 600쪽은 족히 된다고 한다. 장강명의 『책 한번 써봅시다』에서 장 작가는 문예창작학과 강사를 할 때 이 책의 내용을 그대로 강의했다고 한다. 글을 써야겠다고 생각하는 사람은 반드시 글을 써야 한다고 저자는 말한다.

나는 하루에 1-2시간을 별도로 글쓰기에 집중하려는 자세가 없었다. 대학원 글쓰기 카페 동아리에서 쓰는 글은 일기 같은 일상의 소재나 독후감 정도의 글이었다. 그래도 매일 쓴다는 것은 결코 헛된 일은 아니다. 매일 글쓰기는 나만의 책을 만드는 데 기초가 되었다.

하루에 글쓰기 습관을 만들기 위해 퇴근 후 카페에 매일 출근했다는 저자들의 사례도 들어보았다. 마음만 먹으면 쓸 곳은 많다. 요즘은 글쓰기 앱도 많이 늘어나는 추세이다. 글쓰기를 좋아한다고 하지만 뭘 몰라서 못 쓰는 것인가 고민하던 차에 나의 상태는 글쓰기의 기분을 좋아했지 실제로 쓰기는 두려웠던 거라는 것을 어느 날 은유의 『글쓰기의 최전선』을 읽고 깨닫게 되었다. 그래도 위안이 된 것은 장강명의 『책 한번 써봅시다』에서 글재주의 잠재력은 가늠하기 어렵다는 것이다. 그러니 일단 써 보라고 권유하고 있다.

장강명 작가는 기자 출신의 소설가이다. 장강명의 『책 한번 써봅시다』를 읽으면서 공감 가는 부분 중 하나가 나를 알아야 한다고 한다. 개성을 밝히는 유일한 빛은 바로 자문자답이라고 한다. 개성을 발견하고 키우려면 관찰을 해야 한다. 홍미숙 수필가도 늘 강의를 하실 때 소재가 말을 걸어온다고 했다. 그전에 사람이든 사물이든 잘 관찰해야 한다고 했다. 그리고 느끼지 말고 생각해야 한다고 했다.

장강명 작가는 『책 한번 써봅시다』에서 모호하고 모순되는 감정을 억지로 정리하는 것이 아니라 그 모호하고 모순됨의 모양을 살피는 것이 개성이라고 한다.

소설 창작론에서도 가장 좋은 소재가 자전적 소설이듯 에세이에서도 나만의 이야기가 좋다고 한다.

주관이 뚜렷한 사람

자기 색깔이 있는 사람

글을 쓸수록 더 개성적인 사람

자기 세계와 무게 중심이 있는 사람이 되어가야 한다는 것이다.

여기에 출판사가 원하는 것이 개성은 드러나야 하지만 완전히 사적인 내용은 아니었으면 한다고 한다. 『언어의 온도』의 이기주 작가는 글쓰기는 관찰이 70%라고 말한다. 30%는 아마도 작가의 생각을 담는 것이 아닐까? 독자가 관심 있어 하는 주제에 개인적이지만, 그렇다고 노골적이지도 사적이지도 않아야 한다고 말한다. 작가는 삶을 대하는 태도도 진실해야 한다. 진정성이 있는 글은 독자들이 잘 안다.

책을 읽고 변하는 것이 진정한 독서의 핵심이 아닐까? 라는 생각으로 정리를 했다. 글쓰기는 나만의 이야기가 답이고 개성이며 콘텐츠라는 정의를 내렸다.

장강명의 『책 한번 써봅시다』를 읽고 긴 시간이 지나서 이렇게 읽기와 쓰기의 습관으로 나만의 콘텐츠로 책 한 번 써본다.

좋은 사람을 만나듯 좋은 책을 만나면 좋겠다는 생각이다. 좋은 책을 만났다면 잊지 않고 기록하는 습관이 나만의 콘텐츠가 되고 『책 한번 써봅시다』에 대한 도전에 부응하는 날이 온다는 것이다.

4.

말들의 풍경이 되는 곳, 도서관 여행

01

언제든 누구든 반겨주는 곳

언제든 누구든 반겨주는 곳이 어디 있을까? 바로 공공도서관이다. 도서관은 어린아이부터 고령자까지 모두가 이용할 수 있다. 도서관은 연령, 성별에 상관없이 누구나 반기는 곳이다. 책을 사랑하는 마음만 있으며 누구나 이용할 수 있는 곳이다.

도서관에 대한 사랑이 깊어진 것은 책을 즐겁게 읽다가 구매 도서가 많아지자 경제적으로 부담이 되어 도서관을 찾게 되었다. 예전에는 도서관을 어쩌다가 찾았다. 반납 기간이 불편하기도 해서 자주 가지 않았다. 그러다가 책에 대한 경제적 부담도 있었고, 늦깍이 학생으로 나만의 공부 공간이 필요했다. 점점 특화되는 도서관들도 많고 지역별로 많은 도서관이 생겨났다.

나만의 공부 공간이 되어주는 도서관들은 보통 내가 사는 동네에서 1-2km 범위 안에 있으면 금상첨화이다. 비록 거리가 있다고 할지라도 무료로 누구든지 환영받을 수 있는 장소이기에 더없이 누리기 좋은 공간이 바로 도서관이다. 도서관은 시험 기간을 제외하고 나면 대체로 평일 오전이나 오후는 한가롭다. 책을 대출하는 기간도 2주 정도이다. 연장도 가능하고 관내 도서관 지역별 대출 권수도 6권 정도이니 충분히 한 달 동안 읽을 책은 풍부하다는 것이다. 거기에 지역 도서관마다 전자책 대출도 가능하다. 핸드폰에 도서관 앱을 깔면 전자책 대출이 쉽다.

그뿐인가? 희망도서대출도 가능하다. 새로운 책을 내가 미리 신청하여 첫 번째로 받아 읽을 수도 있다. 도서관마다 프로그램도 다양하다. 독서 모임부터 강연, 영화상영, 글쓰기 수업까지 있다. 도서관의 이용자가 많아야 도서관도 살아갈 수 있다는 것이다.

도서관 이용자로서 또 다른 재미는 바로 우리나라에 많은 도서관 가운데 특화된 도서관들이 생기기 시작했다.

- 미술 전문도서관으로는 국내 유일한 의정부 미술도서관
- 음악 전문도서관으로는 의정부 음악도서관
- 악기를 대여해주는 송파쌤 악기 도서관과 소리울 도서관 그리고 서귀포시 악기도서관
- 국내 최초의 동물 전문도서관으로는 생명공감 킁킁도서관
- 시인 윤동주의 생애와 작품을 둘러 볼 수 있는 상설전시관이 있는 은평구 내를건너서숲으로 도서관
- 미술 전문도서관으로는 국립현대미술관 서울 디지털 도서관
- 2023년 4월에 서울 시립 아카이브 미술 전문 도서관도 개관을 했다.

이 밖에도 외국의 도서관이 부럽지 않은 지역 도서관들이 많다.

- 서초구립양재도서관
- 손기정 문화 도서관
- 다산 성곽 도서관
- 율동공원 책 테마 파크
- 청주 열린 도서관 등등

요즘은 점점 많아지는 추세여서 도서관 이용자들의 도서관 여행도 추천해본다.

그저 도서관이 서가와 열람실이 있는 것만으로 사용하는 시대는 이제 그만이다. 특화되거나 이용자의 기대이상의 열린 도서관들의 발 빠른 움직임

들이 멋진 공간을 만들어간다.

그러고 보니 도서관 중에 경치가 좋은 곳도 많다. 숲길을 걷다 보면 만나는 인왕산 숲속 책방, 한강이 내려다보이는 열람실이 있는 광진 정보도서관도 있다.

도서관이 살아 있으려면 적극적인 이용자들의 활동이 필요하다. 소외되지 않고 모든 이를 흡수하는 곳, 지식의 창고이자 나에게 공간을 허락하는 곳이 바로 공공도서관이다.

'책이 뭐라고?'

도서관에까지 가야 하나 할 수도 있지만, 책을 통해 오래된 나의 미래를 발견할 수도 있고 책을 통해 앞서갔던 지혜로운 선생님들을 만날 수 있다.

도서관여행자의 『도서관은 살아 있다』에서 도서관은 도시의 거실이기에 누구나 읽고 쓰고 배우고 검색하고 창작하고 만들고 찾고 쉴 수 있다고 말한다.

그렇다. 누구나 소외되지 않고 언제든 누구든 갈 수 있는 공간 도서관으로 함께 여행을 가자.

02

올림픽의 영웅 손기정의 복합 공간

손기정 문화 도서관

(서울특별시 중구 손기정로 101-3)

서울역 뒤편 손기정로에 있는 손기정 문화 도서관의 옛 주소는 만리동이라고 한다. 기존 동네는 맞은편에 있으나 도서관이 있는 동네는 주상복합 아파트로 세워져 있다. 아파트 주변에 손기정 기념관과 공원 그리고 손기정문화도서관, 어린이도서관 그리고 스포츠센터가 자리를 잡고 있다. 누구나 쉽게 갈 수 있는 동네 공공도서관은 지역사회 빈부의 격차가 없는 연결고리의 역할을 하는 공간이기도 하다. 손기정 문화 도서관은 일반 버스 정류장에서 멀지 않아 대중교통을 이용해도 좋다. 공영주차장도 있어서 주차도 가능하고, 가족 단위로 오기 좋은 열린 공간이다. 아이들이 어린 경우 공원에서 놀다가 어린이도서관을 가도 좋다. 팔각정도 있고 산책할 만한 작은 공원도 있다.

계단을 오르면 붉은 벽돌의 손기정 문화 도서관을 볼 수 있다. 손기정문화도서관 입구에는 작은 분수대를 둘러싼 물의 정원이 있다. '물멍'을 할 수 있는 외부 테이블도 있어 봄부터 가을까지 햇살 가득한 날은 덥지만 않다면 충분히 좋아할 만한 공간이다. 거기에 예쁘기까지 하다. 그 예쁨의 기준이 개인차가 있을 것이다. 붉은 벽돌의 외관이 일반 도서관과 사뭇 다르다. 외관 앞에서 포즈를 취하는 이들도 꽤 있다. 내부는 카페처럼 인테리어에도 세심하게 신경을 쓰고 있었다. 콘셉트가 특별했다. 캠핑 콘셉트, 거실 콘셉트, 서재 콘셉트, 다락방 같은 콘셉트, 카페 콘셉트 등이다. 작지만 넉넉히 여유롭게 내 서재처럼 거실처럼 캠핑장에 앉아 책을 읽을 수 있는 공간이다. 책을 읽기도 전에 공간으로부터 위로를 받는 기분이다.

손기정 도서관의 물멍을 사이로 볼 수 있는 입구 좌석입니다.
봄, 여름, 가을 추천해요.

가장 마음에 들었던 곳은 도서관 바로 입구에 있는 물의 정원이다. 겨울보다는 봄이나 가을에 가 앉아 있으면 물멍도 가능한 장소이다. 물의 정원 뒤편에 벽돌 기둥에 높은 테이블과 높은 의자가 있다. 바람이 살랑거리는 따스한 여름날에 책 한 권을 읽고 있노라면 세상의 모든 근심은 사라지고 오로지 작가가 펼쳐 놓은 텍스트에 빠져들 수 있었다. 단, 너무 더운 오후에 앉아 있는 것은 비추천이다. 아무래도 늦은 봄, 이른 가을날을 추천한다.

도서관 안으로 들어서자마자 먼저 마주하는 것은 계단식 좌석이다. 신발 벗고 편하게 등을 기대고 방석에 앉아 책을 읽는 이용자의 모습도 보기 좋다. 손기정 문화 도서관은 여러 콘셉트로 이용자를 유혹한다. 캠핑 콘셉트가 가장 마음에 들었다. 굳이 캠핑장에 가지 않아도 책 한권 캠핑 의자에 앉아 읽다가 보면 주말을 온전히 나에게 집중하는 기분이 든다. 다양한 연령층의 이용자가 보이는데 유독 젊은 층이 많이 보이는 도서관이기도 하다.

샹들리에가 빛나는 우아한 서재같은 자리입니다.
차 한 잔 후 책을 읽기에 딱 좋겠죠?

정말 도서관일까요?
네, 맞아요. 캠핑 콘셉트의 도서관 자리입니다.

캠핑장에서 쉬면서 책 읽는 느낌적 느낌입니다.

정말 도서관일까요?
네, 맞아요. 캠핑 콘셉트의 도서관 자리입니다.

손기정 문화 도서관에서 즐겁게 책을 읽었다면 주변을 둘러보아도 좋다. 손기정 문화 도서관 바로 옆 건물에는 손기정 기념관이 있다. 상설전시장이 3곳이 있고 입장권이 있지만 무료이다. 특별 전시도 주제를 가지고 진행하고 있다. 손기정 문화 도서관에서 가까운 곳에 서소문 역사박물관도 있고 문화역 서울도 있다. 하루 독서 공간여행에 문화공간 여행까지 더불어 할 수 있는 지역이다.

책을 읽을 수 있는 공간이 집 근처에 있다면 얼마나 좋은가? 예전에 시험공부를 위해 가는 도서관이었다면 지금은 시험공부도 하지만 아이들의 독서습관을 키워주기에도 좋은 공간이 되었다. 그뿐인가? 노트북 하나 들고 가 작업(글을 쓰는 일)을 할 수가 있다. 차를 마실 수 있는 카페나 빵 가게도 도서관 내에 이제는 종종 쉽게 이용할 수 있도록 입점이 되어 있다. 공공도서관에 와이파이 시설도 잘되어 있다. 도서관마다 다르기는 하지만 교육프로그램들도 제법 있고 독서 모임을 진행하는 곳도 있다. 공공도서관들이 점점 복합문화공간으로 진화를 하는 것 같아 이용자로서 흡족하다. 우리나라에 동네마다 특별한 콘셉트의 도서관이 걸어서 10분 거리에 하나씩 세워지길 바란다.

사람은 누구나 가끔 나만의 공간이 필요해요.
바로 이 자리 피크닉 온 듯하기도 하고 다락방에 숨는 듯한 책 읽기 딱 좋은 공간입니다.

03

성곽 길 따라 만난 공간

다산 성곽 도서관

(서울 중구 동호로 17길 173)

다산 성곽 도서관을 알게 된 것은 학교 사서로 있는 대학원 후배가 알려주었다. 귀가 쫑긋해진 나는 얼른 메모장에 적어두고 언제 가보리라 다짐했다. 생각보다 빨리 실행에 옮기었다. 도서관이 새로 개관 (2022년) 했다. 위치가 바로 다산 성곽길에 있다는 것이다. 마침 연휴이기도 해서 나 홀로 하루 독서 공간여행으로 택한 곳이다.

여러 가지 방향으로 올라가는 재미가 있는 도서관이다. 가기 전에 포털 사이트에 검색을 해보면 이미 도서관여행자들이 포스팅을 해놓았다. 사진을 보니 이것이 도서관인가? 북 카페인가?를 묻게 되는 아름다운 성곽길 옆 도서관이다.

도서관여행자와 이용자의 옷을 겹쳐 입고 여행하듯 도서관을 가면 재미나게 하루 독서공간여행을 할 수 있다. 우선 다산 성곽 도서관의 가는 방향은 3가지 정도 있다. 송도병원 건너편 골목으로 올라가는 방법과 버티 고개에서 갤러리 하우스 방향으로 가는 길 그리고 동국대 입구 역에서 장충체육관 방향으로 올라가는 길이다. 나름 올라가는 방향에 따라 각기 다른 체험을 할 수 있다. 대중교통을 이용해 광역버스를 타고 한남대교를 건너 순천향대 앞에서 내려 환승하여 서울 약수동 방향의 송도병원에서 하차했다.

거리상으로는 그리 멀지 않아 보였다. 길을 찾을 수 있는 포털 지도가 있어 지나가는 이들에게 묻지 않고도 목적지를 잘 찾아갈 수 있는 세상이다.

'아– 이 길을 어떻게 오르지?'

생애 처음으로 이렇게 골목이 좁고 계단이 많고 비탈진 동네는 처음이었다. 다산 성곽길로 차라리 갔으면 좋았으련만 그 길 초입을 몰랐다. 중간쯤 갔을 때 위기가 왔다. 그냥 오던 길로 돌아갈 것인가? 서서 가만히 고민할 정도로 좁고 가파른 지형이었다.

먼 길을 나선 공간여행인데 포기하고 갈 수 없는 아까운 시간이다. 이마에 비지땀이 흘러내리고 숨은 차고 어딘지 모를 곳에 서서 숨을 돌렸다. 거의 등산 수준이었다. 마지막 계단을 오르니 성곽이 보였다. 약수동 쪽보다는 장충단 체육관 성곽 둘레 길로 가는 것을 추천한다.

분명 근처일 거라는 생각에 포털 지도 앱을 따라가보니 바로 근사한 성곽의 벽돌 같은 입구가 보였다. 그다지 크지 않은 카페 같은 그러나 있을 것 다 있는 도서관이었다.

도서관 카페도 있고

도서관 공영주차장도 있고

도서관 야외무대도 있다.

테라스도 있고 지하 1층, 1층 그리고 2층까지 좌석은 많지 않지만 알차게 꾸며져 있다. 세미나실도 있다. 2층에서는 열람실의 창 너머로 신라호텔이 보인다.

지하 1층에는 카페도 있다. 1층은 제일 먼저 식물로 가득한 공간이 이용자를 반긴다. 서가도 일반 도서관과 다르게 북카페처럼 신간과 함께 큐레이터가 주제에 맞는 추천 도서들이 전시되어 있다. 2층으로 올라가면 좌식 책상과 개인 공간이 기다리고 있어 좋다.

층마다 사서들이 있다. 도서관에서 앞으로 충분히 공연도 주최하리라 짐작한다. 이토록 예쁜 야외 공연장이 있으니 말이다. 책을 읽고 나서 성곽길을 따라 장충동 방향으로 가는 길에는 예쁜 카페들도 보인다.

여기가 카페인 듯 카페 아닌 도서관이라면? 믿으실까요?
바로 아름다운 성곽길 앞 다산 도서관의 실내입니다.
꼭 식물카페 같죠?

서울 시민이거나 서울에 직장이나 서울로 학교를 다니는 사람이라면 누구나 대출이 가능하다. 그러고 보니 대한민국에서 살면서 참 안 가본 서울 이곳저곳이 많다는 생각을 했다.

우리나라의 도서관들이 달라지고 있어 참 좋다. 이색적인 도서관들이 생겨 하루 독서 공간여행으로 다녀 보기에 좋다. 아마도 책을 좋아하는 분들이라면 도서관 공간여행도 좋아하지 않을까.

2층에 있는 다목적 평상 자리와 개인 좌식 자리가 조합롭게 어우러져 있습니다.
가족이 따로 또 같이 앉아 공부든 독서든 리포트 작성이든 딱 어울려요.

2층의 좌식형태의 1인 평상 2인 평상이 있는데 거기에 앉아서 전국학교 도서관 담당교사 서울모임의 『아름다운 삶, 아름다운 도서관』을 읽었다. 선생님들의 이유 있는 북유럽 도서관 여행이라는 부제로 알 수 있듯이 이웃 나라들의 도서관이나 학교 그리고 서점 등을 소개하는 책이었다. 『아름다운 삶, 아름다운 도서관』 책의 제목처럼 도서관은 자유와 평등이 공존하는 곳이고 누구에게나 열린 공간이다. 도서관은 배움과 성찰이 가능한 곳이다. 이곳을 이용하는 이용자와 여행자들에게 스스로 배울 힘을 길러준다. 나를 들여다보고 누구에게나 지식과 문화를 향유하도록 힘을 준다고 책에서 강조하고 있다.

도서관을 이용하고 여행하는 자로서 나의 삶이 더욱 풍요로워지고 있다. 아는 만큼 보이기 때문에 알 수 있다. 역시나 도서관은 누구에게나 평등한 배움의 공간인 것이다.

일반 도서관보다 크기는 작지만 곳곳에 아름다운 자리 배치와
계단 없는 길의 배려가 많은 다양한 이용자를 불러 모으는 곳입니다.

04

아트의 보고

국립현대미술관 디지털 도서관

(서울 종로구 삼청로 30)

국립현대미술관 서울관을 관람하고 나면 항상 여운과 아쉬움이 남아서 디지털 도서관으로 간다. 2층 교육동 옆에 있다. 디지털 도서관은 현대 미술 전문도서관이고 가치 있는 미술 자료를 수집하여 열람서비스를 제공한다. 도서뿐만 아니라 디지털콘텐츠인 데이터베이스와 전자책 출판물, 연속 간행물, 디지털 아카이브까지 있다. 열람 및 자료의 부분 복사를 할 수 있다. 주로 예술과 관련된 서적들이 가득하다. 그중에 공간에 관심이 있어 건축 분야

의 책들을 주로 보러 간다. 너무나 조용하고 자료를 찾아 읽기 적합한 곳이다. 창밖으로 보이는 경치도 아름답다. 소격동 골목이 보이고 넓은 잔디밭도 펼쳐져 있어 책을 읽다가도 한 번쯤 고개를 들어 밖으로의 풍경도 바라보기 좋다. 한옥 담장이 보이는 자리도 있다. 더 마음에 드는 경치는 종친부 경근당과 옥첩당이 보이는 자리가 제일 좋다. 경근당은 국가지정문화재(보물)로 조선 시대 관공서 중 최고 등급인 정1품 아문의 하나인 종친부(宗親府)의 중심건물이다. 관아건축이면서 궁궐건축의 격식을 갖춘 건물이라고 한다.

좌우로 꺾인 구조이지만 어느 방향에서든 멋진 풍경을 바라보며 책을 볼 수 있어요.
통창으로 보는 시야는 시원하고 밝습니다.

안도 다다오의 책을 읽었다. 그의 건축을 처음 알게 된 것은 일본 가가와 현의 나오시마 섬을 방문하면서다. 지추(지중) 미술관을 관람하면서 놀라운 것은 자연을 훼손시키지 않는다는 목적으로 건물이 땅속으로 들어간 건축물이었다. 유명하기는 모네의 전시실이다. 모네 전시실에서 빛을 이용한 그림 감상이 실로 감탄을 한 것은 조명이 없이 천장으로 들어오는 자연광이었다. 그의 건축물이 우리나라에도 곳곳에 있다. 제주의 본태박물관, 원주의 뮤지엄 산이, 서울의 재능문화센터 JCC 등이 있다.

원주의 있는 뮤지엄 산 미술관도 그의 작품이다. 방송에서만 보았던 빛의 교회나 효고현 쓰나 물의 절도 유명하다. 홋카이도 유후쓰의 물의 교회도 유명하다.

내가 가 본 지추 미술관에서 모네 전시실은 우주 공간에서 모네의 수련을 만난 것 같은 환상적인 체험을 하게 된다. 지하를 이용한 건축공간에 빛을 따라 걸어 들어간 기억이다. 다 보고 나서 마지막으로 지상의 카페를 들어가면 바다가 펼쳐진다. 아름다운 경치가 '어서 와, 여기는 처음이지?'처럼 관람객을 맞이한다.

자연경관을 해치지 않으려고 만든 지추 미술관에 다시 한번 더 갈 기회가 생긴다면 아마도 좀 더 세심하게 둘러볼 것 같다. 나오시마의 현대미술관은 입장료가 비싸서 안 갔다. 꼭 거기도 가보고 싶은 마음이다. 이곳도 안도 다다오가 설계한 건축물이라고 한다.

우리나라의 문화재를
통창으로 풍경 삼아

아름다운 서재에 있는 듯한
기분으로

안도 다다오의 건축물을 보니
공간에 대한
고마움이 느껴지더군요.

안도 다다오의 책을 다 읽은 후 연속 간행물이 있는 공간으로 이동했다. 예술과 건축 책들이 있는 서가를 지나면 넓은 책상이 나타나고 예술과 건축에 관련된 연속 간행물이 전시되어 있다. 과월호도 진열이 되어 있다. 천천히 자료를 조사하거나 볼 수 있어 좋다.

공간에 관한 콘텐츠를 좋아하다 보니 자연스럽게 〈공간〉이라는 연속 간행물을 좋아하게 되었다. 우리나라 건축 대상 중에는 공공도서관도 많이 수상했다.

다양한 책을 읽는 것이 좋다. 문학, 예술, 자기계발, 역사 등등 읽어보면 내가 지금까지 알지 못했던 역사나 인간의 심리 앞으로 내게 꿈을 꾸게 해줄 선생님을 책을 통해 만나는 격이다.

보통 1만 원 대의 레슨비를 가지고 10년 이상 자신의 노하우와 조사를 담은 책을 만날 수 있는 세상이라니 참 좋은 환경이 아닌가 싶다. 다만, 나의 노력이 필요하다. 내가 찾아서 읽다 보면 어느 날부터인가 책이 나를 부른다. 책 속에서 또 다른 책이 나의 시선을 끈다. 그 책을 집어 드는 순간 또 다른 세계를 볼 수 있을 것이다.

국립현대미술관 서울관 디지털 도서관에서 미술 전문도서뿐만 아니라 다양한 예술 관련 도서나 원서 그리고 건축과 잡지 등을 통해 또 다른 세계로 입문하는 공간이라 추천한다.

예술 잡지가 있는 코너입니다.

공간이라는 잡지를 통해
건축상을 받은
공공도서관을 만날 수 있었던
시간이었어요.

05

책에 대한 모든 것

송파 책 박물관

(서울시 송파대로 37길 77)

송파 책 박물관은 송파 H 아파트 후문에 자리를 잡았다. 가락시영아파트 재개발 후 H라는 이름으로 거대한 아파트 단지가 들어서고 공원 자리와 함께 송파 책 박물관이 세워졌다. 송파 책 박물관이 일반 도서관이랑은 다르다. 책을 읽을 수 있는 공간과 더불어 미디어라이브러리 그리고 상설 전시와 특별 전시관이 있다는 것이다. 특히 책 박물관답게 출판에 관련된 전시가 마련되어 있다. 송파 책 박물관에서는 도슨트도 운영을 한다. 수, 목,

일반 도서관과 다르지만, 전시와 도서관을 한 곳에 모아 둔 책 박물관이에요.
어느 누구나 올 수 있는 곳이자 책에 관한 모든 것을 볼 수 있는 곳입니다.

상설전시와 특별전시 그리고 어린이들을 위한
다양한 프로그램까지 진행중이에요.

금요일 오후 14:00에 층 상설 전시실 입구에서 관람객 20명 내외로 진행이 된다고 한다. 상시로 책을 엮어보는 이벤트도 토요일마다 있다.

박물관 2층에는 출판기획자의 방이 있다. 매우 인상 깊었고 진로 탐색을 하는 것 같았다. 출판기획자의 일상을 실물 책상과 함께 플랜도 짜여 있다. 출판기획자만 없지 출판기획자의 모든 것이 다 전시되어 있어 책을 출판하는 기획자의 하루를 꼭 옆에서 보는 것 같다.

활자를 이용해서 인쇄를 해보는 체험도 가능하다. 그 옛날에는 일일이 손으로 서체를 선택해서 인쇄기에 넣어 책을 찍어 냈다. 얼마나 힘든 일이고 책 한 권이 나오기까지 많은 이들의 손이 필요했을 것이다.

특별 전시실의 전시는 잡지의 전성시대이다. 옛날 잡지의 시초부터 문학잡지, 여성 잡지, 어린이 잡지 계간부터 다 모아 두었다. 잡지 하나로도 시간을 거슬러 가는 재미난 전시기획 여행이다.

나의 잡지 시대는 큰 언니네 집에 놀러 갔을 때 〈쿠켄〉이라는 요리잡지가 있었다. 요리에 관심이 많아 화려하고 담음새도 이쁜 요리 사진들이 가득한 요리잡지에 첫눈에 반했던 기억이다. 그 이후에 요리잡지들이 많이 출간되어 〈에쎈〉도 한참 정기구독을 해서 보았다. 집밥이 활성화되던 시절에는 요리잡지가 많이 나왔는데 지금은 서점에 남아 있는 잡지가 1, 2종 정도이다. 이외에도 재미나게 보았던 여성 잡지는 나이에 따라 달랐다. 잡지

책이 어떻게
인쇄 되는지
그 과정과

인쇄 기계를
볼 수 있는
상설 전시입니다.

작가의 방 콘셉트랍니다. 작가에게 있어 종이란 뗄 수 없는 숙명의 관계이지요.
나만의 서재, 여러분은 어떻게 상상하고 계십니까?

는 시대를 앞서가는 트렌드가 가득한 정보통인 셈이다.

아이들도 잡지를 학습교재로 구독하여 많이 보았던 기억이 난다. 물론 만화잡지들도 인기를 누렸던 기억이다. 스마트폰의 보급으로 잡지들이 위기를 겪고 없어지기도 하지만 그 가운데에도 잡지로서의 기능을 전문화하는 것도 있다.

송파 책 박물관에서는 책을 읽는 공간뿐만 아니라 상설이나 특별 전시 어린이들을 위한 체험 공간까지 다양한 콘텐츠로 복합문화 공간의 역할을 잘 감당하고 있다. 아이들을 위한 교육 프로그램도 다양하게 진행 중이다. 아이들의 눈높이에 맞는 콘텐츠로 키즈 스튜디오에서 진행을 한다. 아이들뿐만 아니라 어른 혼자서도 가기 좋은 공간이다.

06

마을을 품은 공간

구립 구산동 마을 도서관

(서울특별시 은평구 연서로13길 29-23)

국립현대미술관 디지털 도서관에 잡지를 전시한 공간이 있다. 그곳에서 우연히 보게 된 〈공간〉이라는 건축 잡지를 보게 된 것도 유독 공간에 대한 연모가 있어서 단박에 눈에 들어왔다.

자리를 잡고 앉아 잡지 속에 펼쳐진 공간 중에 눈에 띈 것은 바로 구립 구산동 마을 도서관이었다.

'와우'라는 감탄사를 내뱉을 정도로 집과 집을 리모델링해서 만든 구립

구산동 마을 도서관이다. 연립주택 3채와 단독주택 5채를 합친 도서관이라고 한다.

2015년에 개관을 한 구산동 도서관 마을은 구옥 빌라를 허문 자리에 건물을 지으면서, 건축가가 일부 벽체를 살리고 골목을 실내로 들이는 등 마을을 기억하게 했다고 한다.

〈공간〉이라는 잡지에서 보니 구산동 마을 도서관은 2016년 서울시 건축상 리모델링 대상을 수상 했다. 멋진 건축으로만 상을 받은 것이 아니라 마을에도 활력소를 불어넣어주었다고 한다. 주민들이 책을 더 가까이 접할 여러 연립을 조합하여 마을을 품은 도서관 바로 구립 구산동 도서관 마을입니다. 건물 안에 건물을 품은 모습이 신기하지요?

수 있게 되었으니 말이다. 직접 가서 도서관을 둘러보니 빌라의 벽체들이 건물 안에 남아 있었다.

구산동 도서관마을에서 발행하는 〈마을이 된 도서관 이야기〉를 읽어보니 이 도서관은 국내 유일한 협동조합 도서관이라고 한다. 동네 주민들이 먼저 도서관 짓기에 나섰다고 한다.

자, 그럼 구산동 마을 도서관을 먼저 가 본 자로서 안내를 드리자면 제일 먼저 1.5층에 종합 안내 데스크를 만날 수 있다. 스킵 플로어처럼 1층과 1.5층으로 되어 있다.

도서관을 이용하기 전에 층별 안내를 가장 먼저 찾아보는 것이 도서관 이용자로서 헤매지 않는 방법이다. 각 층별로 테마가 있고 층별로 사서가 있다. 잘 준비된 복합 문화공간이라고 해야 할까? 책을 편하게 읽을 수 있는 좌석도 많고, 책도 테마별로 층별로 나누어져 있다.

건물은 총 5층이며 건물 안에 남은 건물이 보이는 구조라서 더욱 신기하다. 더군다나 창문이 많아 개방감 역시 좋다.

4층에는 만화 전문 서고와 옥외 테라스라고 해야 하는지? 옥상이라고 해야 하는지? 쉼터도 있다. 만화 캐릭터 월드컵도 전시 중이다.

1층부터 4층까지 다양한 콘셉트의 자료실들이 있다. 모임을 위한 모이는 방도 있고, 힐링캠프, 디지털 자료실, 마을자료실, 독립 출판물 방까지 다

층고가 높을 수밖에 없는 구조이지만
공부하기 좋은 환경이 되려면 바로 층고가 높아야 한다고 해요.

층별마다 코너가
다양할 뿐 아니라

이용자를 위한
다양한의 콘셉트의
좌석이 몰입에
흥을 돋우어 줍니다.

양하다. 편안한 자세로 어디서든 공부를 하거나 책을 읽을 수 있는 자리가 있어 좋다.

아마도 여러 건물을 리모델링해서 만든 도서관인지라 친구네 집을 방문하듯 도서관을 여행할 수 있을 것이다. 단점이라면 일반 주택가 안에 있는 도서관이라서 골목을 찾아 들어가야 하는 점이 쉽지 않았다. 도서관을 둘러보고 나오면서 동네 주변을 돌아보니 작은 카페들이 생각보다 많았다. 도서관 여행을 마치고 배고플 때쯤 가볼 만한 분식집이나 밥집도 있다.

책을 읽다가 커피를 마시러 나가거나 끼니를 때울 수 있는 딱 좋은 위치이다.

건물에 대한 호기심이 생긴다면, 거기에 특히 책을 좋아한다면 아무래도 구립 구산동 마을 도서관을 추천하고 싶어진다.

눈에 띄는 글 귀 중 하나가 바로 도서관 흰 벽면에 커다란 한자가 써 있다.

바로 신영복 선생님의 '서삼독'(書三讀)이다.

독서는 삼독이다. 먼저 텍스트를 읽고 다음으로 그 필자를 읽어야 한다. 그리고 최종적으로 독자를 자신을 읽어야 한다.

신영복 선생님의 말씀처럼 텍스트를 읽고 필자가 의도한 내용을 알아야 하고 책을 읽어 낸 내 자신의 변화를 읽어야 한다는 말씀이 아닌가 생각해 보았다.

다양한 책을 볼 수 있고 만화에 대한 진심이 가득한 덕후에게도 인기가 있을 법한 도서관 여행지이다. 한 마을을 품은 구립 구산동 도서관 마을 여행을 해보시길 바란다.

07

공예의 모든 것과 도서실

서울 공예박물관 도서실

(서울특별시 종로구 율곡로 3길 4)

오래전부터 나 홀로 여행을 즐긴다. 여행의 거리가 꼭 먼 곳은 아니라고 생각한다. 내가 살고 있는 동네를 벗어나 떠나는 곳은 다 여행지가 될 수 있다.

서울 공예박물관이 개관을 했다는 소식을 듣고 찾아가보았다. 인사동 길 끝에 바로 만나는 공예박물관의 터는 이전에 학교 부지였다. 마침 옆에 있던 미국대사관 숙소 자리도 이전을 하고 열린 송현 녹지광장이 들어섰다. 110년 만에 담을 헐어 시민의 품으로 돌아와 공예박물관과 더 잘 어울리는 공원이 생겼다.

서울 공예박물관 주변은 볼거리도 많고 겸사겸사 둘러볼 곳이 많은 동네이다. 가깝게는 정독도서관이나 국립현대미술관 서울관이 있다. 독서 공간 여행자라면 아침부터 저녁까지 이 동네의 3곳의 도서관을 둘러볼 수 있다.

서울 공예박물관 내에 어린이 박물관 옥상으로 올라가면 인왕산과 공원 삼청동 길이 아름답게 펼쳐진다.

제일 먼저 공예박물관 1관을 들어가면 공예품 판매 라운지가 있다. 안내 데스크도 있고 작은 카페도 있다. 1층 관람실로 입장을 하면 끝에 도서실이 있다는 것은 생각지도 못한 반전이다. 도서실을 들어간 순간 '첫눈에 반하다.'라는 말이 딱 어울리는 공간이 나에게 와서 안겼다. 넓은 거실과도 같은 공간처럼 보였다. 왼쪽에는 사무를 보는 사서의 자리가 있고 오른쪽에는 안락한 흔들의자와 예쁜 스탠드 등이 있다. 독서를 하며 쉴 수 있는 자리라고 말을 건네는 것 같았다. 책 장 사이로 창을 내어 어린이 박물관 건물이 예쁘게 보이는 창가의 붙박이식 의자는 책 한 권을 얼른 뽑아 앉아 몰입이라는 친구를 불러내고 싶은 자리이다. 공예박물관의 도서실은 아마도 조용히 나만의 시간을 즐기기 위해 마련된 공간이 아닌가 싶다는 착각을 불러일으킨다. 박물관의 전시를 다 본 후라든지 보다가 잠시 휴식을 취하고 싶을 때 도서실에서 관련 도서를 찾아 읽는 것도 좋을 것 같다.

공예전시를 보다가 잠시 쉬고 싶거나
공예 관련 서적이나 입체 동화를 보고 싶다면 공예도서실로 가보세요.
흔들의자부터 다양한 의자들이 당신을 기다리고 있을 거예요.

공예박물관 도서실은 예술 관련 도서가 많다. 어린이들의 입체 동화책이 특별히 눈에 띄게 전시되어 있다. 관람객 누구나 들어가서 책을 읽을 수 있는 멋진 공간이다.

특히 개인 테이블이 창가에 있다. 작은 등과 창밖의 관람객이 어두운 창문에 자신의 모습을 비추어보는 모습까지도 볼 수 있는 재미가 있다. 밖에서 안을 들여다볼 수 없는 관람객들의 모습이 안에 있는 관람객에게 재미를 준다고 해야 하나?

별일 없는 주말에 워드 작업을 하려고 일부러 서울 공예박물관 도서실을 찾았다. 와이파이는 물론 논문들을 찾아 복사도 가능해서 작업하기가 좋은 공공기관이다. 누구나 방문이 가능하다. 주변에 먹거리나 볼거리가 많아 하루 공간여행으로도 딱 좋은 지리적 위치에 있다.

공예박물관 도서실을 다시 둘러보자. 긴 테이블 책상과 3-4명이 둘러앉을 수 있는 테이블과 의자가 있다. 일반 도서관에 비해 규모는 작지만 알차다. 공예박물관을 둘러보는 것이 중점이기에 도서실에 오는 이용자는 많지 않다. 아이들과 또는 연인들과 친구들과 공예박물관을 관람한다면 미리 공예에 관련된 책들을 검색한 후 전시를 둘러보고 공예박물관 도서실에 앉아 책을 찾아 읽어보거나 공예박물관 전시를 둘러본 소감을 써 보고 나오면 어떨까? 싶다. 보통 우리가 어떠한 장소를 둘러보고 기억하는 것이 100%

같지는 않다. 기억도 왜곡을 한다. 기록자의 삶으로 여행도 가장 기억하기 좋은 방법이다.

삶을 살아가면서 나에게 온전히 집중할 수 있는 시간도 필요하다고 생각된다. 그것이 꼭 독서가 아니라 여행일지도, 취미생활일지도 그리고 음식일지도 모른다. 사람마다 자신의 취향은 있다. 온전히 집중하는 단어는 몰입이다. 몰입의 장소로 공공도서관만 한 곳이 없다. 적당히 책을 넘기는 소리와 하얀 소음뿐이다.

자, 그럼 준비가 되어 있는가? 우리나라의 멋진 공예품을 둘러보고 보고 난 소감을 기록할 수 있는 공간, 공예박물관 도서실로 가보자.

아이들을 위한 입체동화책은 꼭 아이들만 보지 않고 어른들도 볼 수 있어요.

역사 HISTORY
Chair

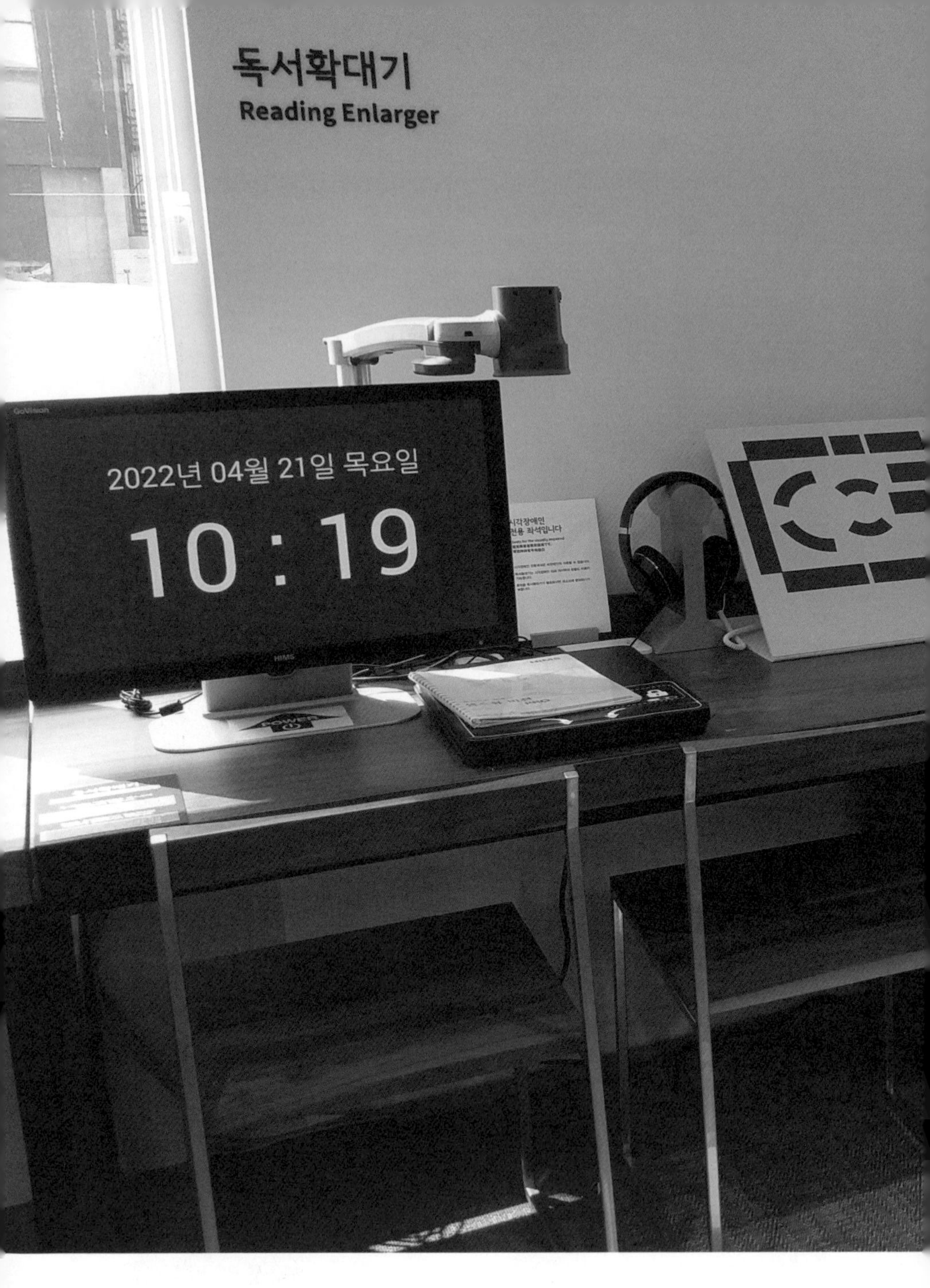
독서확대기
Reading Enlarger
2022년 04월 21일 목요일
10 : 19

자료 복사도 가능하고 논문 복사까지 가능한 곳이에요. 참 좋죠?
규모는 작지만 정보가 많은 공예도서실입니다.

큰 창 앞에 의자에서도
개인 책상에서도

책을 읽거나
공부 할 수 있는
공간이
마련되어 있습니다.

08

실용적이고 감각적인 복합 공간

남양주 정약용 도서관

(경기도 남양주시 다산 중앙로 82번 안길 138)

'실학의 집대성자' 정약용 선생의 생가가 있는 곳이 바로 남양주이다. 다산 신도시 또한 정약용 선생의 호를 따서 만든 도시이다. 남양주시에는 정약용 생가 및 주변에 다산 유적지가 있다. 새로 건립된(2020년 5월 개관) 도서관의 이름을 남양주의 대표적인 위인인 '정약용 도서관'이라고 했는가 보다. 신문을 보다가 알게 된 남양주 정약용 도서관의 실내 사진이 실린 것을 보게 되었다. 도서관을 공간적 입장에서 둘러보는 것을 좋아하다 보니 일부러 찾아간다. 도서관 여행도 책을 좋아하는 나에게는 하루 공간 여행지이다.

인터넷으로 홈페이지를 찾아보니 눈에 띄는 인테리어와 서가들이 멋졌다. 일반 도서관에 비해 인테리어가 뛰어나게 실용적이고 감각적이다. 일반 도서관과 다른 점은 스마트폰을 이용해 예약하고 책을 바로 대출하는 디지털 서비스도 있다. 오디오북과 키오스크도 있다.

남양주 정약용 도서관의 특별한 시스템은 휴먼 북이 있다. 사람 책을 대출하는 것을 아시나요? 1:1로 만나 이용자가 질문하는 대답을 강의나 멘토로 전달해주는 것이다.

임윤희의 『도서관 여행하는 법』이라는 책에서 처음으로 휴먼 라이브러리를 알게 되었다. 임윤희 작가가 동네 도서관에 휴먼 북으로 등록을 해서 학생들을 만났던 기억을 써 내려간 글이 기억에 남았다.

지인의 소개로 남양주 정약용 도서관에 휴먼 북이 생겼다고 해서 등록을 마쳤다. 『요리책 읽어주는 요리 샘』으로 요리책을 읽는 방법, 나만의 레시피 작성, 요리를 통한 진로 탐색과 요리책 출간 방법 등을 들려주려고 한다.

답답하게 느껴지지 않을 만큼 밝고 탁 트인 시야와 높은 층고의 공간은 이용자들에게 쾌적함을 줍니다.

詩人

남양주 다산 정약용 도서관의 문을 열고 들어가면 높은 층고와 책장이 시선을 압도한다. 3개층의 대형 서가와 S라인의 테이블이 이용자들을 반겨준다.

"여기가 바로 지혜와 휴식의 공간입니다."라고 무언의 안내를 하는 듯한 느낌을 받았다.

커다란 통창을 통해 파란 하늘이 시야에 들어온다. 개방형 계단을 통해 계단참이 있다. 독립적인 휴식공간이자 서고에는 멋진 의자와 종류별 잡지가 있다. 잡지류가 있는 공간이라서 그런지 가볍게 쉬는 듯한 공간처럼 느껴졌다.

2층에 올라가니 확트인 통창 뷰 자리는 인기를 독차지 할 듯한 커다란 책상이 놓여 있다.

"여기가 공공도서관인가요?"

누군가에게 물어봐야 할 것 같았다. 공부하다가 힘들 때마다 창을 통해 눈의 피로를 풀어도 좋을 만큼 아닌 눈의 피로가 싸 없어질 듯한 통창이 답답함을 제거해준다.

3
3

전체적으로 남양주 정약용 도서관은 트렌드에 맞게 개방적인 아기자기한 책상과 서가 그리고 개인 공부를 위한 열람실과 종합자료실이 구분 없이 배치가 조화롭게 잘 되어 있다.

개방적이면서도 다양한 테이블과 의자의 종류가 암체어부터 쇼파까지 자연스럽게 배치가 되어 있다. 공부하는 이용자에게나 책을 읽는 이용자에게나 무심한 듯 무심하지 않은 배려로 배치되어 있다.

도서관은 읽는 사람을 환대하는 공간이다. 이제는 사람을 통해 오디오를 통해서도 듣는 책을 만날 수도 있다. 도서관은 이제 책만 빌리거나 공부만 하러 오는 공간이 아니다. 차도 마시고, 맛있는 빵도 먹고, 공부뿐만 아니라 배움까지 다 가능한 곳이다. 한마디로 멀티기능을 이용자에게 아낌없이 나누어주는 공간이다. 누구나 소외됨이 없이 반기는 곳이 바로 남양주 정약용 도서관이다.

이용자의 필요에 따라 가벼운 책읽기 좌석부터 수험을 위한 몰입의 좌석까지 다양한 좌석이 준비되어 있습니다.

300

다산 정약용의 정신을 이어받고자 그의 생가가 있는 남양주에는 멋진 정약용 도서관이 들어섰습니다. 남양주의 상상 그 이상을 실현하는 첫 번째 공간이 바로 다산 정약용 도서관이 아닐까요?

09

미술 전문 특화 도서관

의정부 미술 도서관

(경기도 의정부시 민락로 248)

그림을 잘 그리는 사람이 부러웠던 시절이 있었다. 물론 지금도 그림을 잘 그리는 사람이 여전히 부럽다. 그림을 잘 그리지는 않지만 좋아하게 된 이유가 있었다. 그림에 대해 매혹을 느꼈던 것은 프랑스 그르노블로 어학 연수를 갔던 시절이다. 그 당시 외국인들에게도 마지막 주 수요일에 미술관 관람이 무료였다. 미술책에서만 보던 그림들이 조각들이 눈앞에서 살아 있는 듯한 느낌을 받았던 강렬함이 나를 전시의 세계로 이끌었다. 그 이후

미술 전시회에 관심을 가지고 기회가 될 때마다 가는 편이다. 특히 우리나라의 국립현대미술관이 잘되어 있다. 서울관, 과천, 청주 간 등 전시가 상설로 보기 좋다. 대학원에서 문학 예술론을 통해 그림에 대한 수업을 듣기도 했다. 최근에는 김태진의 『아트 인문학』을 통해 미술의 역사와 그림의 변천사를 읽게 되었다. 그림의 역사를 알고 그림을 보면 보이지 않는 것들이 보이는 것을 볼 수 있다. 김태진의 『아트 인문학』의 부제도 보이지 않는 것을 보는 법이라고 표지 쓰여 있다.

의정부 미술 도서관은 국내에서 미술로 특화된 유일한 도서관이라고 해요.
전시와 다양한 책 그리고 예술가의 방까지 있습니다.

의정부 미술 도서관은 국내에 유일무이한 미술 전문도서관이다. 책에 대한 애정이 생긴 이후로 또 하나의 재미가 바로 색다른 도서관을 찾아 하루 도서관 여행을 다녀 보는 것이다. 도서관은 그러고 보면 날씨와는 관계없는 여행지라는 생각이다. 밖에 날씨가 더우면 도서관은 시원하고 밖이 추우면 도서관은 따듯하니 더욱 좋은 실내 여행 공간이다. SNS를 하다가 알고리즘으로 알게 된 의정부 미술 도서관은 이미 텔레비전의 드라마 촬영

지로 보았던 곳이다. 또한, 의정부 미술 도서관은 2020년 한국 건축대상을 받았다.

일반 도서관과 다른 서고의 배치와 여러 가지 회원들의 이목을 끌만한 방들이 곳곳에 배치되어 있었다. 1층부터 3층까지 층고가 개방이 되어 있다. 엘리베이터도 있지만 1층부터 3층까지 나선형 계단도 있다. 한쪽 벽면이 전부 통창으로 부분 설계된 미술 도서관은 매우 밝고 일반 서고와 다르게 바람개비 모양으로 자유롭게 배치가 되어 있다. 개인의 공간들이 곳곳에 배치되어 있어 책을 읽기에 몰입도가 높다. 미술 도서관답게 1층에는 해외, 국내 미술 자료들과 신착 도서 미술 정기간행물이 있고 전시장도 있다. 도서관 가기 전에 홈페이지에 들어가 전시나 프로그램을 알고 가면 좋을 것이다. 미술 전시관은 도슨트 시간을 맞추어서 가면 관람이 가능하다.

2층에는 아이들을 위한 공간이지만 그림책을 좋아하는 어른들에게도 멋진 공간이다. 일반 자료도 있고 곳곳에 1인용 의자들이 서고 옆에 있다. 아이들을 위해 캐릭터 인형들도 있고, 아이들 눈높이에 맞는 공간들이 있어 재미나게 책을 읽을 수 있다.

특히 독서를 하다가 쉬고 싶은 순간에도 의정부 미술도서관에는 특별한 방이 있다. 필사의 방이다. 도서관에서 사서가 책을 사서 선정한 컬렉션도 있고, 예술 분야 사서 컬렉션 프로그램도 진행 중이다.

3층에는 전문 서적 방도 있다. 그림을 그릴 수 있는 드로잉 공간도 있다.

드라마에도 장소가 사용되어질 만큼
멋진 인테리어와 특색이 있는 다양한 개인 좌석이 있어요.

누구나 필사의 방에서 조용히 문장을 따라 써보면서
힐링할 수 있는 시간을 가질 수 있습니다.

화가가 상주하는 공간도 있다. 사서들이 사서 본 책을 컬렉션을 하고, 예술 분야의 사서 컬렉션 프로그램 등도 다양하게 진행하는 중이다.

의정부 미술관 주변에는 공원이 신도시답게 조성이 되어 있다. 푸른 마당 근린공원, 하늘 능선 근린공원, 대형 마트, 영화관들이 있어 도서관 공간여행을 마치고 가족과 함께 할 수 있는 시간을 이어갈 수 있다는 장점이 있다.

도서관 여행을 통해 책을 읽는 습관뿐 아니라 미술 전문 도서관답게 전시나 특별한 프로그램을 참여할 수 있고, 드로잉 공간이 있어 그림도 그리며 힐링도 할 수 있다는 점이 일반 도서관과의 차별화된 점이다.

책과 도서관 공간을 좋아하는 이용자로서 소망이 있다면 전국에 하나가 아니라 도별로 하나씩 미술 전문도서관이 세워지길 바란다.

10

도봉구 최초 민주주의 라키비움

김근태 기념도서관

(서울특별시 도봉구 도봉산길 14)

도봉구하면 역시나 도봉산을 떠올린다. 개인적으로 산을 좋아하지 않는다. 하지만 김근태도서관을 알고 나서는 도봉산 이름만 들어도 좋다. 도봉산을 아마도 인생에 2번 정도 가보았다.

산은 숨만 찼지 감흥이 없었다. 하지만 도봉산 입구에 세워진 김근태 도서관은 나의 두 눈을 번쩍이게 만들었다. 이렇게 멋진 도서관이 생기다니 산은 가지 않더라도 도봉구는 가고 싶다는 생각이 가득했다.

자료를 찾아보니 김근태 도서관은 도봉구 최초의 라키비움이라고 한다. 라키비움은 도서관의 기능과 더불어 전시기능 각종 기록물에 대한 보존기능 등을 일컫는 복합 문화공간이다. 도서관 앞에 김근태가 붙어 있으니 바로 알아차렸을 것이다. 정치가였던 고 김근태 의원 정신과 가치를 이어받아 지었다고 한다.

도서, 기록, 전시, 공연, 체험, 교육문화프로그램을 통해 고 김근태 선생의 민주주의 삶을 토대로 김근태 도서관을 방문하는 모든 이들에게 다양한 이야기를 만나길 바라는 마음으로 운영하고자 한다고 김근태 홈페이지 인사말에 적혀 있다.

도봉산을 가는 길목 앞에 세워진 김근태 도서관은 형태가 꼭 책을 펼쳐놓은 듯 건물이 서 있다. 건물 옆 잔디밭에는 고 김근태 의원 조각상이 시민을 기다리듯 먼저 반갑게 맞이해준다.

김근태 도서관은 민주주의 · 인권 특화 도서관, 라키비움형 도서관, 故 김근태 선생 기념도서관으로 나누어 볼 수 있다.

일반 도서관과 다른 장소 용어를 사용한다. 대부분 열람실을 이곳은 생각 곳이라고 말하고 전시실을 기억 곳이라고 한다. 다목적실은 공간이나 마루라고 한다.

도서관을 가기 전 홈페이지를 통해 정보를 알아두고 가면 유용하게 도

책을 세워 펼쳐 놓은 듯한 건축이
매우 인상적이고 아름다운 도서관입니다.

큰 창으로 보이는 아름다운 뷰가
나만의 시간을 책을 통하여 몰입하도록 만드네요.

서관을 잘 이용할 수 있다. 김근태 도서관도 워낙 특별하게 건물이 지어져 EBS 건축 탐구 집에도 소개되었던 곳이다.

도서관 입구에서 조금 들어가 보면 가운데 중정이 있다. 작은 중정이지만 테이블도 있고 하늘이 중정 안에 들어오니 훨씬 실내가 개방감이 있고 밝다.

1층 도서관의 전경이 일반 도서관과 다른 점은 일단 장애인을 위한 휠체어가 마련되어 있다. 1층과 2층을 잇는 계단 길에 책을 진열하는 책장으로 채워져 있었고 층간에 비어 있는 공간은 책을 읽을 수 있는 계단식 좌식이 마련되어 있다. 특히나 큰 글자로 만들어진 책들이 전시되어 있어 좋다.

일반적인 도서관과 다른 점은 작가를 선정하여 공간을 대여해주는 작업실이 지하에 있다. 예술가들은 자신만의 작업공간이 필요한데 그것을 해결해주는 좋은 도서관이라는 생각이 든다.

인간의 뇌는 층고가 높으면 창의력 부분에 큰 도움이 된다는 말을 어디선가 들었는데 김근태 도서관은 중정이 있어 2층 서고는 층고가 높아 좋다. 중정이 있는 창가 쪽에 테이블에서 책을 읽어도 좋고 공부를 하기에도 좋을 것이다.

2층에는 필사를 할 수 있는 자리가 마련되어 있다. 등산객이 몸을 움직여 내려오는 길에 잠시 쉴 수 있는 공간이 될 수도 있겠다. 이젠 쉬면서 머

정기용 전집

층계를 오를 때에도 책을 볼 수 있도록 대형 서가가 천정까지 있어요.

식물에 둘러 싸여 있는 이 책은 바로 필사의 자리입니다.

리를 움직여 보는 독서의 시간을 가져보는 것도 좋겠다.

독서나 도서 대출뿐만 아니라 조용히 그림을 감상하거나 고 김근태 의원의 지난 역사의 정치 기록물을 기억곳에서 둘러볼 수도 있어 좋다.

책을 좋아하게 된 이후로 특히 도서관에 대한 애착이 생겼다. 매일 가는 동네 도서관뿐만 아니라 여행처럼 도서관을 순례하는 재미도 생겼기 때문이다. 가장 많은 혜택을 누릴 수 있는 공공기관 중 도서관만큼 좋은 곳이 어디 있을까 싶다. 나이도 직업도 학벌도 관계가 없는 누구나 사용할 수 있는 지식의 공간이 바로 도서관이다.

어렸을 때부터 아이들을 데리고 도서관 이용법을 가르쳐주고 하루의 마감을 일기로 읽기와 쓰기를 지도해 준다면 미래는 이미 보나마나 좋은 결과로 이어지지 않겠는가?

늦은 나이에도 불구하고 독서를 통해 읽기에 눈이 밝아져 대학원을 만 50세에 입학했다. 2년 반이라는 5학기를 무사히 마칠 수 있었다. 독서를 통해 전공과목의 도서부터 논문까지 읽고 쓰는 데 어려움이 없었다.

김근태 도서관의 1층과 2층에 또 다른 점은 아카이브 기억곳(전시실)이 있다. 고 김근태 의원의 걸어온 길과 정치 민주화의 험난한 길을 같이 해온 자료와 의미 있는 기록(대학 시절 노트와 옥중 편지 등)들이 재현되어 있다.

고 김근태 의원의 걸어온 길과 정치 민주화의 험난한 길을
같이 해 온 자료와 의미 있는 기록이 보관 되어 있는 기억 곳(아카이브)입니다.

최선을 다해 참여하자.
오로지 참여하는 사람들만이 권력을 만들고,
그렇게 만들어진 권력이 세상의 방향을 정할 것이다.

2011. 10.

11

미술관 옆 도서관

청주 열린 도서관

(충북 청주시 청원구 상당로 314 문화제조창C 5층)

2018년 12월 국립현대미술관 청주관이 개관했다는 소식을 접했다. 그림 보는 것을 좋아한다. 이왕이면 청주관도 보러 가야겠다는 생각으로 고속버스를 타고 1시간 정도 달려갔다. 사실 미술관 관람이 목적이었다. 국립현대미술관 청주관에 도착해보니 넓은 잔디밭과 건물이 눈에 띄었다. 미술관 건물이라기에는 대형 공장이나 창고 같은 느낌이 들지만 깨끗했다. 옆 건물 1층에 베이커리 같은 카페가 보여 호기심을 자극했다.

문화제조창 건물은 얼핏 보면 반듯한 새 건물 같지만, 옛 창고(연초제조창)를 리모델링했다고 한다. 지붕 위 파란 물탱크도 옛 창고 건물의 흔적이라고 한다.

청주 미술관은 국립현대미술관으로 지방이 처음이라고 한다. 청주는 공예비엔날레가 펼쳐지는 예술의 도시라고 들었다. 더군다나 그 장소가 바로 옛 문화제조창 부지라고 한다. 청주관은 종전 국립현대미술관과 다른 수장형 미술관이며, 우리나라 최초라고 한다. 미술관을 다 둘러보고 나오니 옆 건물에 호기심이 생겨 들어가보았다. 옆 건물도 바로 문화제조창이다. 마침 커피나 간단한 요기를 위해 들어가보았는데 맛집처럼 보이는 식당도 대형카페도 입점되어 있다.

이 문화제조창 건물에는 다양한 문화시설들이 공존하고 있다. 그중 하나가 바로 미술관 옆 도서관이다. 청주 열린 도서관은 문화제조창 5층에 자리를 잡고 있다. 일반 도서관과 다른 배치와 좋은 구조의 자리가 다양하게 위치해 있다. 일반 도서관과 다른 것 중 하나가 캠핑 도서관 '책멍'이다. 이용수칙이 있다. 책멍의 수칙은 텐트 안에 신발을 벗도 들어가야 한다. 취식은 불가하다. 책은 들고 들어가도 된다고 쓰여 있다. 하나 더 다른 이용자를 위해 깨끗하게 사용해달라고 한다.

청주 열린 도서관은 문화제조창 5층에 자리 잡고 있어 매우 넓다. 아이들을 위한 좌석뿐만 아니라 1인용 자리, 다인용 자리가 잘 배치되어 있다. 처음에는 도서관인 줄 모르고 대형서점으로 알았다. 아마도 도서관이라고 쓰여 있지 않았다면 착각을 했을 것 같다.

청주 열린 도서관에는 색다른 존이 하나 더 있다. 보드게임 존이다. 주말이나 공휴일에 1시간으로 이용이 제한된다. 빌릴 수 있는 게임은 4개이다. 2개를 빌려 사용한 후 다시 2개를 빌려갈 수 있다.

청주 열린 도서관에는 유료 카페와 대형 키즈 카페도 있어 한 자리에서 가족들이 함께 공간을 이용하며 즐길 수 있는 장점이 있다. 또한, 도서관을 이용하고 나서 한 층 내려가면서 공예 전시도 볼 수 있다. 3층에 한국 공예관이 있다.

가까운 야외에는 동부창고도 있어 미술관, 도서관, 한국 공예관, 맛집 등을 여행 삼아 둘러볼 수 있으니 딱 좋은 독서 공간여행 장소이다. 미술관 옆 청주 열린 도서관으로 잘 어울린다.

청주 열린 도서관에서 책 한 권을 집어 1인용 자리에 가서 앉았다. 평일이라서 그런지 이용자가 많지는 않았다. 집에서 가깝다면 매일 오고 싶은 공공도서관이다.

우리나라 도서관 홈페이지를 찾아 들어가 보면 무료 강의나 강연들이 참 많다는 것이다.

우연히 들어가서 보게 된 도서관 공지사항에 토요일 오후 줌으로 강의가 하나 흥미를 끌어 수강 신청을 했다. 생각보다 참여자가 많았다.

강사는 손미 시인이었다. 줌으로 듣게 된 강의 내용은 바로 〈유실된 공간에 문학이 접해진 공간 이야기〉이었다. 이 수업 속에 바로 청주의 문화제조창, 국립미술관 청주관이 언급이 되어 어찌나 반가웠는지 모른다. 연초제조창이었던 유실된 공간에 미술관, 공예관, 도서관이 새롭게 접해졌다는 것이다. 그러고 보니 도서관은 책을 읽기만 하는 공간이 아니라 적극적인 참여로 이용자에게 유익한 시간을 안겨준다.

미술관 옆 도서관 문화제조창 5층에는 시민을 위한 열린 청주도서관이 있습니다.

처음엔 대형서점인 줄 알고 둘러 보다가 알게 된 사실은
바로 청주 열린 공공도서관이라는 거예요.

와 의자 위에는 신발을 벗고 올라가 주세요
도서관에서 식사는 안돼요

개인좌석부터 다양한 좌석까지 거기에 캠핑 텐트까지 준비되어 있는
그야말로 열려 있는 도서관입니다.

특히 공예전시관부터 아이들을 위한 키즈 카페까지 입점이 되어 있어요.

에필로그

어려서 꿈을 꾸었던 일들이 하나하나 이루어져 가는 인생을 산다는 것은 큰 행운이다. 내 삶에 관여된 사람들이 서로 도우며 살아 홀로 외롭게 살지 않았다. 살아보니 인생은 역시나 더불어 사는 것이다. 앞서 이야기한 것처럼 큰돈이 아닌 1-2만 원대로 책을 구매하거나 아니며 공공도서관에서 무료로 충분히 인생의 멘토를 만날 수 있다는 것이다.

자신의 경험이나 지식을 아낌없이 내어주는 작가의 배려가 책을 읽는 독자에게 조언이 될 수도 있고, 때론 선생님이 되어주기도 한다. 그뿐인가? 아이디어를 책을 통해 얻을 수도 있다.

책을 읽는 것도 습관이다. 핸드폰을 보통 1시간 이상 보는 이들이 많다고 하는데 그 시간에 반이라도 독서에 투자한다면 1년에 50권 이상은 충분히 읽을 수 있다.

책을 좋아하지만 중요하다고 생각을 못 하다가 무더운 여름 어느 날 오후에 읽었던 이지성의 『꿈꾸는 다락방』을 만나 꿈이 생기고 도전이 생겼다.

책 속에 책이 나를 손짓하여 꼬리에 꼬리를 무는 독서가 이어졌다. 꿈에 대하여, 독서에 대하여 생각이 바뀌는 순간이었다.

바로 책 한 권의 힘이 적용되는 시점이었다. 이어 김병완의 『나는 도서관에서 기적을 만났다』를 통해 나도 1년에 300권을 읽는 다독가가 되고 싶다고 도전을 해보았다. 300권은 아니지만 150권 대로 기록을 남겨 보았다.

책을 읽고 난 후 대화를 나눌 때 책에서 읽었던 내용을 소개하기도 하고 내 삶에 적용도 하더라는 것이다.

'때'라는 것은 있다. 아마도 조금이라도 젊을 때 해야 할 일들을 싫어도 해야 하는 것이 하고 싶은 일을 할 수 있게 만들기 때문이다. 하지만 다르게 보면 '때'란 늦지 않았다. 내가 바로 실천할 때가 가장 빠르기도 하다.

60세 은퇴를 하고 인생을 다 살았으니 그냥 세월을 허송하다가 90세에도 살아 있다면 인생의 3분의 1을 허비한 것과 같다.

태어나서 1살도 처음 경험하는 인생이고, 살면서 20대, 30대…70대, 80대, 90대도 인생은 처음 접하는 것이기 때문이다. 매번 새롭게 접하는 인생이니 아는 게 없다.

일반적인 삶은 과거의 경험으로 살아내는 것이다. 인생의 노하우를 적어낸 작가들의 책을 읽으며 조금 더 지혜롭게 인생을 살아가는 것도 방법이라는 생각이 들었다.

독서법 저자들의 이야기에 도전을 받아 실험 삼아 시작한 독서가 이제는 습관이 되었다. 꿈에 그리던 문예창작콘텐츠학을 대학원에서 공부하고 졸업할 수 있었던 것도 독서 덕분이었다.

대학원에서 과제로 리포트와 소논문을 작성하고 대학원 동아리인 '책 쓰는 문창콘 사람들'을 통해 800일이 넘는 글쓰기를 매일 하고 있다. 누군가에게 나의 글을 용기 내어 보여줄 수 있고 따스하게도 읽어주고 댓글을 달아 용기와 응원을 주었기에 성장할 수 있었다.

글쓰기는 누구나 할 수 있다. 일기도 좋고, 잡문이어도 좋다. 이지선의 『꽤 괜찮은 해피엔딩』에 '글쓰기의 힘'이 나온다. 아무 말 대잔치라도 글로 적어 내다보면 치유가 되고 힐링이 된다고 한다. 외상 후 글쓰기를 통해 성장한 이지선 교수의 모습을 볼 수 있었다.

독서와 매일 글쓰기 덕분에 나만의 책 한 권을 엮을 수 있었던 것 같다. 함께해준 수많은 책의 작가님들과 대학원 동아리 글벗들에게 감사하다는 말을 전하고 싶다.

비록 부족한 부분들이 많은 책이지만, 책이 주는 유익함과 매일 글쓰기를 통한 삶의 치유가 있음을 알리고 싶었다. 책을 읽는 공간이자 여행지로도 적합한 아름다운 공공도서관을 소개하고 싶었다. 평범한 사람의 독서 이야기와 공공도서관의 소개가 이 책을 읽는 여러분에게 책을 좋아하는 계기가 되길 바란다.

부록 : 기억에 남는 독서 목록 100권

자기계발서

1. 『꿈꾸는 다락방』, 이지성, 국일미디어

2. 『부자가 되는 정리의 힘』, 윤선현, 위즈덤하우스

3. 『파리에서 도시락을 파는 여자』, 켈리 최, 다산3.0

4. 『생각하는 인문학』, 이지성, 차이

5. 『미라클모닝』, 할엘로드, 행BP

6. 『The one page proposal』, 패트릭G. 라일리, 을유

7. 『심플하게 산다』, 도미니크 로로, 바다출판사

8. 『미국에서 컵밥 파는 남자』, 송정훈, 컵밥크루, 다산북스

9. 『부자의 그릇』, 이즈미마사토, 다산

10. 『원씽(The one thing)』, 게리켈러, 비즈니스북스

동화

11. 『따끈따끈한 빵이야기』, 부희령 글, 김진화 그림, 웅진다책

12. 『딸기케이크의 비밀』, 이수안 그림, 조안나 글

13. 『소년의 마음』, 소복이, 사계절

14. 『너의 특별한』, 점 이달, 달달북스

15. 『까만 아기양』, 엘리자베스쇼 글,그림, 푸른그림책

16. 『달샤베트』, 백희나, 책읽는공출판사

17. 『후와후와』, 무라카미 하루키, 비채

18. 『계축일기』, 이혜숙, 창비

19. 『나의 샐러드』, 김현의, 어반북스

20. 『괴물들이 사는 나라』, 모리스샌닥, 시공주니어

에세이

21. 『쓸 만한 인간』, 박정민, 상상출판

22. 『30년만의 휴식』, 이무석, 비전과리더십

23. 『나는 도서관에서 기적을 만났다』, 김병완, 아템포

24. 『걷는 사람』, 하정우, 문학동네

25. 『꽤 괜찮은 해피엔딩』, 이지선, 문학동네

26. 『좀, 가볍고 재미있게 살아보기』, 장용범, 교보퍼플

27. 『마음이 무너질 때마다 책을 펼쳤다』, 유정미, 미다스북

28. 『그때처럼 책을 읽을 수 있을까』, 권홍지현, 하루달

29. 『농막의 동거자들』, 용석만, 페스트북

30. 『다정한 매일 매일』, 백수린, 작가정신

건강&요리

31. 『살 빠지는 사람은 따로 있다』, 강신익, 청림Life

32. 『쉬어도 피곤한 사람들』, 이시형, 비타북스

33. 『엄마가 챙겨주는 청소년의 아침식사』, 이나열, 레시피팩토리

34. 『마흔 식사법』, 모리타쿠로, 반니라이프

35. 『4주 해독 다이어트』, 박용우, 비타북스

36. 『늙지 않는 최고의 식사』, 후지타, 예문카이브

37. 『맛의 원리』, 최낙언, 예문당

38. 『서른의 식사법』, 박민정, 시루

39. 『환자혁명』, 조한경, 에디터

40. 『웰빙푸드』, 월터 c 윌렛, 동아일보사

건축&예술

41. 『공간이 만든 공간』, 유현준, 을유문화사

42. 『공간의 미래』, 유현준, 미래문화사

43. 『내가 사랑하는 공간들』, 윤광준, 을유문화사

44. 『걷다, 느끼다, 그리다』, 임진우, 맥스

45. 『모든 공간에는 비밀이 있다』, 최경철, 웨일스북스

46. 『진심의 공간』, 김현진, 자음과모음

47. 『아트 인문학』, 김태진, 카시오페아

48. 『눈의 역사 눈의 미학』, 임철규, 한길사

49. 『한국인, 어떤 집에서 살았나』, 이희봉 외 3명, 한국학중앙연구원출판부

50. 『동네에 답이 있다』, 박기범, 도서출판집

소설&희곡

51. 『김약국의 딸들』, 박경리, 마로니에북스

52. 『오이디푸스왕』, 소포클래스, 민음사

53. 『맥베스』, 윌리엄셰익스피어, 권오숙 옮김, 열린책들

54. 『암흑의 핵심』, 조셉 콘래드, 민음사

55. 『브레히트 선집(억척어멈과그의자식들)』, 베르톨트 브레히트, 연극과인간

56. 『대머리 여가수』, 외젠이오네스크, 민음사

57. 『연인』, 마그리트 뒤라스, 민음사

58. 『새벽의 약속』, 로맹가리, 문학과지성사

59. 『계산공주』, 정재남, 부크크

60. 『클라라와 태양』, 가즈오 이시구로, 민음사

시

61. 『혼자가 혼자에게』, 이병률, 달출판사

62. 『나태주 육필시화집』, 나태주, 푸른길

63. 『동주와 빈센트』, 윤동주, 저녁달고양이

64. 『혼자 가는 먼 집』, 허수경, 문학과지성사

65. 『여행』, 정호승, 창비

66. 『아름다웠던 사람의 이름은 혼자』, 이현호, 문학동네

67. 『참 좋은 당신』, 김용택, 시와시학사

68. 『간절하게 참 철없이』, 안도현, 창비

69. 『악의 꽃』, 샤를 보들레르, 알비

70. 『섬』, 정현종, 문학관출판사

종교

71. 『오늘, 믿음으로 산다는 것』, 이요섭, 규장

72. 『포기하지 마(D'ont give up)』, 카일 아이들먼, 규장

73. 『일상 은혜의 힘』, 진재혁, 두란노서원

74. 『그 한 사람』, 김양재, 두란노서원

75. 『은혜, 은혜, 하나님의 은혜』, 라스트로벨, 두란노서원

76. 『은혜와 돈』, 김형익, 복있는사람

77. 『네 마음이 어디 있느냐?』, 현승원, 규장

78. 『안녕, 기독교』, 김정주, 토기장이

79. 『우리 서로 사랑하자』, 유기성, 두란노

80. 『아는 것보다 사는 것이 중요하다』, 이찬수, 규장

습관&마케팅

81. 『ONWARD(온워드)』, 하워드 슐츠, 조앤 고든, 8.0

82. 『오래가는것들의 비밀』, 이랑주, 지와인

83. 『습관 홈트』, 이범용, 스마트북스

84. 『습관은 배신하지 않는다』, 공병호, 21세기북스

85. 『돈을 끌어당기는 생각 습관』, 카사이 히로요, 기타바타 야스요시, 길벗

86. 『관점을 디자인하라』, 박용후, 프롬북스

87. 『좋아 보이는 것들의 비밀』, 이랑주, 인플루엔셜

88. 『50대 또 한 번 나 혼자만의 시간』, 나카미치 안, 시그마북스

89. 『50부터는 인생관을 바꿔야 산다』, 사이토 다카시, 센시오

90. 『말투 하나 바꿨을 뿐인데』, 나이토 요시히토, 유노북스

경제

91. 『존 리의 부자 되기 습관』, 존 리, 지식노마드

92. 『90일 완성 돈 버는 평생 습관』, 요코야마 미츠야키, 걷는 나무

93. 『돈의 인문학』, 김찬호, 문학과지성사

94. 『부의 잠언』, 리챠드 템플러. 세종서적

95. 『왕의 재정1, 2』, 김미진, 규장

96. 『초절약 살림법』, 조은경, 책책

97. 『6개월에 천만 원 모으기』, 이대표, 성선화, 김유라 외, 멘토와멘티

98. 『엄마의 부자 습관』, 노정화, SOULHAUSE

99. 『돈의 속성』, 김승호, 스노우폭스북스

100. 『돈의 철학(경영학자가 쓴)』, 임석민, 펭귄